KB167476

어부와 아들

Balıkçı ve Oğlu
by Zülfü Livaneli

Copyright © 2021, Zülfü Livaneli
All Right Reserved.

Korean translation copyright © 2023, Homilbooks Publishing Co.
The Turkish edition was originally published by İnkılap Kitapevi
Yayın Sanayi ve Ticaret AŞ İstanbul, Türkiye
This Korean edition is published by arrangement with the author,
Zülfü Livaneli
through KL Management, Seoul, Korea

이 책의 한국어판 저작권은 케이엘매니지먼트를 통해 저작권자와
독점 계약한 (주)호밀밭에 있습니다. 저작권법에 의해 한국 내에서
보호를 받는 저작물이므로 무단 전제 및 복제를 금합니다.

어부와 아들

줄퓌 리바넬리 지음

오진혁 옮김

한국 독자에게 전하는 메시지

한국에서 제 소설이 출판된다니 큰 기쁨이고 영광입니다.
저는 여러분의 역사와 예술, 문화에 깊이 매료돼 왔습니다.
진심을 담아 안부를 전합니다.

It's a great pleasure and honor to have my novels published in Korea.
I have been deeply fascinated by your history, art, and culture.
With my sincere regards.

O. Z. Livaneli

추천사

인간으로서, 개인으로서, 도저히 어찌할 수 없다고 생각하는 커다란 비극들이 벌어진다. 전쟁이 일어나고, 난민들이 바다에 빠져 죽고, 바닷물의 온도가 오르면서 독을 품은 물고기들이 나타난다. 사악하고 불가해한 사건들 속에 선량한 이들에게서조차 마음속의 빛들이 꺼져간다. 쥘퓌 리바넬리는 복잡한 현상과 섬세한 감정을 단순하지만 우아한 문장으로 포착해 전달하는 명수다. 그리고 그 문장들이 어느 순간 꺼져가는 듯 보였던 작은 빛들을 조금씩 모으기 시작한다.

이 소설에는 마법이라는 단어가 나오지 않고, 마법을 부리는 사람도, 현실에서 불가능한 사건도 없다. 하지만 독자들은 책장을 덮을 때 마법에 빠진 것 같은 기분이 들 것이다. 마찬가지로 이 소설에는 구원이라는 단어 역시 나오지 않지만, 독자들은 책장을 덮을 때 구원받은 기분이 들 것이다. 마법처럼 구원을 말하는 소설이다. 인간들이 바로 마법적인 존재임을, 평범한 사람들 안에 마법이 깃들어 있음을, 그리고 우리가 구원 받으려면 자신 안에서 어떤 마법을 찾아내 부려야 하는지를 말한다. 깊이 감동 받았다. 많은 분이 이 소설을 읽고 내가 느낀 감동을 함께 받았으면 좋겠다.

장강명(소설가)

일러두기

국호 '튀르키예(Türkiye)'를 제외한 사람, 언어 등에 대해서는
국내 학계의 결정에 따라 원어에 가까운 '터키'로 표기하였습니다.

차례

어부와 아들

어쩌면 나는 어부가 되지 말았어야 했어, 라고 어부는 생각했다.
하지만 난 어부가 되기 위해 태어났는걸.

어니스트 헤밍웨이, 『노인과 바다』

바다는 아직 잠들어 있었고, 미동도 없었다. 곧 잔잔한 바람이 바다를 깨울 것이다. 여명이 밝아오기 전 불기 시작한 바람은 밤이 가둬놓았던 습기와 함께, 몇 시간 동안 계속되던 어부의 다리 통증도 거둬 갔다. 일어나야 할 시간이었다. 바다는 군청색에서 오묘한 하얀색으로 바뀌고 있었다. 하늘은 매일 새로운 모습으로 사람들을 놀라게 했다. 어떤 때는 보라색, 어떤 때는 분홍색, 또 어떤 때는 순백색이었다. 그리고 하늘은 다시 화려한 색을 띠었다가 거울 같은 수면에서 반짝이기 시작했다.

어부는 바다가 깨어나는 시간을 놓치는 법이 없었다. 매일 아침 동이 트기 전에 일어났고, 유리 찻잔 가득 올리브유를 마셨다. 그리고 포구로 향했다. 이건 그의 오랜 습관이었다. 빈속에 올리브유를 마시는 건, 어부가 백 세를 넘긴 건강한 마을 노인들에게서 배운 것이었다. 세월이 흐르는 동안 노인들처럼 쭈글쭈글해졌다 해도, 세대를 거쳐 열매를 맺는 바로 그 올리브나무 열매에서 기름을 만들어내던 어른들로부터 배운 에게Ege 지방의 건강 비결이었다.

무스타파가 포구에 도착했을 땐 아직 동이 트기 전이었다. 비포장 길에는 아무도 보이지 않았다. 무스타파처럼 이른 시간에 나오는 사람은 없었다. 어부는 말수가 적고, 혼자 있는 걸 좋아했다. 그는 큰 키에 마른 체구였다. 움푹 팬 양 볼과 회색빛이 감도는 녹갈색 눈동자 그리고 헝클어진 갈색 머리카락은 무심하고 전혀 신경 쓰지 않은 듯한 남성미를 풍겼다. 그에게는 몸으로 일해서 먹고사는 남자들에게만 있는 조금은 야성적이고, 남성적이며, 어쩌면 거칠어 보일 수 있는, 그런 분위기가 있었다. 편안함에 젖은 육체가 중년으로 넘어가면서 과다 영양섭취로 살이 올라있는 도시 남자들과는 전혀 달랐다. 도시 사람들은 수많은 생각들로 복잡한 머릿속, 과하게 발달한 예감, 불안감을 품은 채 혼란스럽고 모호한 세상을 판단하기 때문에 이런 어촌에서 살 수가 없었다. 바닷가에서 사는 것은 고되고 힘들었다. 몸뚱이가 녹초가 될 때까지 일하지 않으면 살아가기 힘들었다. 이런 삶이 바닷가 마을 어른들에게만 국한되는 건 아니었다. 바닷가 아이들도 이런 삶을 숙명으로 받아들일 수밖에 없었다.

무스타파는 그 누구한테도 무엇 하나 부탁하는 법이 없었다. 고기잡이를 나갈 때 미끼, 낚싯바늘, 낚싯줄을 빌려달라는 사람을 보면 그는 화가 치밀곤 했다. 빌려달라는 걸 내주기는 하면서도, 표정은 일그러졌다. '나도 내 일을 제대로 하는데, 다른 사람이라고 못 할 게 뭐 있어?'라고 생각했다. 무스타파는 어릴 때부터 노장 타흐신 선장을 따라다니며 일을 배웠다. 선장이 연로해서 일을 그만두게 되자 무스타파는, 낡았지만 멋지고 선미에 모터까지 달린 작은 고깃배를 할부로 인수했다. 그는 고기잡이하면서 그 돈을 갚아나갔다. 낡고 손잡이가 검게 변한 노와 방향타 손잡이, 낚싯줄 자국이 패여있는 배의 난간, 모터가 돌아가면 덜덜거리며 떠는 어창 덮개에는 30년 세월이 남아있었다. 옛 선장이 남긴 흔적 위에 그의 흔적이 그렇게 덧대어졌다. 그의 손은 햇볕 때문에 짐승 가죽처럼 거칠어졌다. 두 손은 마치 몸뚱이에서 따로 떨어져 나간 힘센 수중 생명체처럼 보였다.

그는 밧줄을 풀어 배 위로 던지며 매일 아침 그랬던 것처럼 큰소리로 "자, 비스밀라흐[1]."라고 기도했다. 오랜 세월 동안 문제 한번 일으키지 않은 모터는 오늘도 역시나 잘 돌아갔다. 협만 안으로 울려 퍼지는 모터 소리는 늘 그랬듯이 그에게 활기를 불어넣었다. 바다는 잔잔했다. 유선형의 작은 배는 아무런 장애물도 없는 바다 위를 미끄러지듯 나아갔다. 이른 아침 그 시간에는 당연히 그래야 했다. 그러나 머지않아 미세한 동요가 일어날 테고, 태양이 솟아오를수록 바다는 성깔을 드러내며 요동치기 시작할 것이다. 그러다 오후가 되면, 사랑하는 사람에게 모든 열정을 바치는 연인처럼, 갑자기 불어오는 바람과 함께 바다는 일렁이기 시작할 것이다.

---

1   역주-Bismillah, '신의 이름으로'라는 뜻으로 무슨 일을 시작하기 전에 성공을 기원하는 말

어부는 늘 가지고 다니는 작은 라디오를 켰다. 애절한 에게 지방 민요가 흘러나왔다. '바닷물에 거품이 이네, 임이여. 린나 나이 린나 린나 나이². 작은 배일지라도 날 데려가겠지, 임이여…' 그의 유일한 친구인 이 라디오는 고기잡이를 끝내고 돌아갈 때까지 계속 울릴 것이다. 더 정확히 말하자면, 매일 그랬던 것처럼 라디오 소리가 끊길 일은 없을 거라고 그는 생각했다. 오늘은 운이 좋았다. 평소라면 에게 지방 민요와 제이벡³, 장송곡 그리고 빠른 춤곡들이나 들려주는 라디오에서, 돌아가신 아버지가 좋아했던 민요가 나왔다. '나도 이 세상에 태어났을 뿐, 임이여. 린나 나이 린나 린나 나이. 너무나도 어여쁜 임이여, 오, 임이여…' 옛 노래는 계속 이어졌다.

그의 아버지는 바다에서 평생을 보낸 가난한 어부였다. 그때만 해도 관광객들이 없었다. 물고기는 많았고 가격은 쌌기에, 생선은 몇 푼 안 되는 돈에 팔렸다. 물고기를 잡아서는 생계를 유지하기 힘들었다. 요즘은 생선이 비싸졌다. 오징어, 문어, 홍합, 새우 가격이 엄청나게 뛰었다. 하지만 그만큼 어획량도 줄었다. 이제는 옛날처럼 주낙⁴ 바늘마다 고기가 걸려오는 일은 없었다. 먼바다나 다른 곳에서 음파탐지기를 장착한 큰 어선들이 와서 바닥까지 싹 긁어갔다. 해변에는 고급

---

2 역주-튀르키예 민요에 등장하는 의미를 갖지 않는 후렴구

3 역주-zeybek, 튀르키예 서부 아나톨리아 지방 남성들의 춤에 쓰이는 음악으로 느린 템포의 곡

4 역주-긴 낚싯줄에 여러 개의 낚시를 달아 물속에 늘어뜨려 고기를 잡는 낚시 도구 중 하나

식당들이 생겼다. 그 식당들은 신선한 생선들을 사려고 서로 경쟁했다. 식당에 물고기를 파는 사람들은 그런 식당에 평생 발도 들일 수도 없었다. 어부들은 너무 비싸 고급 식당에 갈 엄두도 내지 못했다. "이스탄불 사람들은 여기 와서 어부들 한 달 벌이를 하룻저녁 밥값으로 낸다고 하더군."이라든지, "고급 호텔에서는 술 한 잔 값이래."라고 말하는 사람도 있었다. 사실 바닷가 사람들에게는 돈을 주고 식당에서 생선을 먹는다는 건 말이 안 되는 짓이었다. 그들에겐 그 모습이 우스꽝스럽게까지 느껴졌다. 어부들에게 해변 식당들은 괜찮은 손님이긴 했지만, 어부들 벌이라고는 겨우 먹고살 정도였다.

무스타파는 아버지의 양손을 늘 떠올리곤 했다. 아버지 손은 커다랗고 못난 데다, 까칠까칠해서 사람 손이 아닌 것 같았다. 무스타파는 아버지의 손을 잡을 때마다 나무토막을 잡는 것 같다고 느꼈다. 돌아가신 아버지는 거친 남자였다. 아버지는 손에서 담배를 놓는 법이 없었다. 결국, 폐암으로 일찍 돌아가신 것도 담배 때문이었다. 아버지의 낡은 조각배도, 아버지가 남기고 간 빚을 갚기 위해 팔아야만 했다.

모터 소리는 잠들어 있는 바닷가 집들에 부딪혀서 반대편 해변까지 퍼져나갔다. 사흘 동안 계속된 폭풍은 바다를 뒤집어 놓았고, 해변을 할퀴고 지나갔다. 지금은 바다가 깊은 정적에 빠져있었다. 바닷가에 느릿느릿 떠다니는 쓰레기들 외에는 폭풍의 흔적이라곤 남아있지 않았다. 이 쓰레기들도 자연적으로 쓸려 나갈 것이다. 사실 그 쓰레기는 바다에서 수영하는 관광객들에게나 문제지, 웬만해서는 물에 들어갈 일 없는 어부들에게는 아무 상관이 없었다.

오랜 세월이 흐르면서 무스타파도 마치 해초, 물고기, 갯바위나 모래, 자갈처럼 바다의 일부가 되었다. 그는 바다와 함께 숨을 쉬었다. 바다가 일렁이면 그도 일렁였다. 바다가 잔잔해지면 그도 잔잔해졌고, 바다가 슬픔에 잠기면 그도 슬픔에 잠겼다. 사실 그는 별로 말이 없는 사람이었다. 꼭 필요한 상황이 아니면 입을 열지 않았다. 입에 담배를 물고 혼자서 그물을 손질하거나, 배를 청소하고, 잠수해서 모터를 손질할 때나 그를 볼 수 있었다. 다른 어부들처럼 카페에도 가지 않았고, 루미큐브[5] 게임도 하지 않았다. 저녁에도 집 외에 다른 곳에서 라크[6]를 마시지 않았다. 무스타파를 어릴 때부터 봐왔던 노인들은 그를 늘 말이 없던 아이로 기억했다. 자신이 직접 이름을 지었던 데니즈[7]라는 아들이 일곱 살 되던 해에 물에 빠져서 죽은 후로, 그는 더더욱 사람들과 벽을 쌓고 살게 되었다고 노인들은 말하곤 했다. 어느 날, 아들과 함께 바다로 나갔다가 아들을 바다에 두고 혼자 돌아온 뒤로 무스타파는 산송장이 되었다. 아내는 아들 소식에 밤새 오열하면서 바다로 함께 내보냈던 걸 후회했고, 그 이후로 둘 사이에 대화도 사라졌다.

"바다가 데니즈를 데려간 거야!" 어느 날 밤, 무스타파는 딱 한 번 충혈된 눈으로 아내에게 말했다. "당신은 알고 있겠지."라고 했던

---

5 역주-숫자가 새겨진 플라스틱 조각을 규칙에 따라 맞춰나가는 보드게임의 일종

6 역주-rakı, 포도주를 증류해서 만든 튀르키예 전통주

7 역주-Deniz, 터키어로 바다를 뜻하며 이름으로 많이 쓰임

메수데는 무스타파에게 책임을 물은 것이었을까? 아들을 왜 구하지 못했냐고 말하고 싶었던 것이었을까? 무스타파는 메수데에게 아무 말도 하지 않았다. 젊은 엄마는 아들을 잃고 난 뒤, 얼굴빛마저 달라졌다. 그녀의 얼굴, 눈빛 그리고 초록색 눈동자의 광채까지 모든 빛을 잃었다. 그녀가 울지 않고 있을 때는 오랫동안 물을 주지 않아 말라비틀어진 꽃처럼 목을 축 늘어트리고 있었다. 그녀는 건드리면 흩어져버릴 것 같았다. 이 믿을 수 없는 끔찍한 실종사건 이후로, 부부는 오랫동안 서로 얼굴을 마주하지 않았다. 그건 마치 부부 사이에 말해서도 안 되고, 생각해서도 안 되는 사건 같은 것이었다. 그 아픈 기억을 끄집어내는 것은 금기였다. 아이 잃은 슬픔을 조그만 감정표현으로 드러낸다든지, 그 슬픔을 되살려서도 안 됐다. 부부는 살아있는 것만으로도 죄를 짓는 것 같았다. 그들은 커튼을 사이에 두고 서로를 바라볼 수밖에 없었고, 오직 필요한 대화만 나눴다. 집 안에 보이지 않는 지뢰가 깔려 아주 작은 실수만으로도 금방 폭발할 것처럼 보였다. 한 번 폭발하게 되면 다시는 돌아갈 수 없다는 걸 두 사람 모두 알고 있었다.

아이의 시신은 찾지 못했다. 그 사고가 일어났던, 폭풍우 일던 그날을 머릿속에서 지우고 산다는 건 무스타파에게는 아들을 배신하는 것이나 다름없었다. 그래서 매일 밤, 그는 베개에 머리를 묻고 가장 고통스러웠던 사고 순간까지 되새겼다. 피가 나도록 손톱으로 상처를 긁고 또 긁었다. 아들을 잃은 뒤로, 사는 게 부끄럽게 느껴졌다. 후회스러운 심정은 사고가 있던 날처럼 생생했다. 만약 자살하는 것이 가장 큰 죄악이라는 걸 몰랐다면, 자신도 그 거친 파도 속으로 뛰어들었을 것이다.

바다에 호기심이 많았던 아들은 아빠와 함께 일요일 아침 일찍 잠에서 깼다. 아빠와 함께 바다로 나가는 게 좋아서 일곱 살짜리 아이 얼굴에서는 웃음이 떠나질 않았다. 뱃전에서 손을 뻗어 그 조그만 손가락으로 바닷물을 가르는 아들의 모습을 무스타파는 지켜보고 있었다. 아들은 소리쳤다. "아빠! 아빠, 나 좀 봐!" 무스타파는 아들에게 조심하라고 주의를 시켰고, 아들은 아빠에게 사랑스러운 눈빛을 보냈다. 그런데 갑자기 먹구름이 하늘을 뒤덮기 시작했고, 찬 바람이 불기 시작했다. 먼바다에서부터 폭풍이 일었다. 거센 조류가 바다 한가운데 있던 작은 고깃배를 호두껍데기처럼 밀어붙였다. 옆에서 밀려온 파도에 배가 뒤집혔다. 무스타파는 뒤집힌 배를 붙잡은 채 눈물이 가득한 눈으로 사방을 둘러봤다. 아들이 보이지 않았다. 무스타파는 일렁이는 파도 속으로 잠수했다. 바다 밑까지 뒤집어 놓은 폭풍 속에서 그는 아들을 찾아 헤맸다. 무스타파는 물속에서 나와 뒤집힌 배 위로 올라갔다. 절망이 가득한 눈으로 주위를 훑어봤다. 혹시나 그물에라도 걸렸을까 해서 던져져 있던 그물까지 뒤졌다. "알라신이여. 알라신이여, 제발 도와주소서." 무스타파는 기도했고, "안 돼. 안 돼." 하며 오열했다. 이 모든 순간이 차례로 눈앞에 떠올랐다. 폭풍이 계속되던 중에도, 폭풍이 지나고 난 뒤에도, 적어도 시신만큼은 찾아야겠다는 생각으로 며칠 동안 바닷속을 뒤지고 다녔다. 하지만 아무 흔적도 찾지 못했다. 그는 주변 바닷속에 있는 산호초와 바위, 사람들이 모르는 동굴 속까지 뒤졌다. 여러 물고기와 문어, 크고 작은 수중 생물들 사이를 헤집고 다녔지만, 끝내 아들을 찾을 수는 없었다.

무스타파는 지금까지 자기 입으로 이 사건에 관해 한마디도 내뱉지 않았다. 그는 원래 말이 없는 사람이었다. 하지만 아들이 죽은 이후로 말 한마디, 단어 하나조차도 아들의 죽음에 무례를 범하는 것 같았다. 그는 완전히 입을 닫아버렸다. 마치 바다거북이 된 것 같았다. 아내와도 대화를 나누지 않았고, 식사할 때마저 침묵이 이어졌다. 식사 뒤에는 바로 잠자리에 들었다. 가끔, 밤에 아내와 나눴던 것을 '사랑'이라고 할 수는 없었다. 소리 없이 식사하는 것처럼, 그건 젊은 육체들이 서로의 필요를 충족시키는 것에 지나지 않았다. 아침이면 아내가 자고 있을 때 일어나 배로 향했다. 친구들은 무스타파를 좋아했다. 친구들은 그런 그의 모습에도 익숙했다. 그들은 무스타파와 가장 친한 친구로 담배를 꼽았다. 누구에게도 자식을 잃는 슬픔을 겪게 하지 말라고 친구들은 알라신에게 기도하면서 나무판을 두드렸다.[8]

뱃사람들은 많은 걸 운에 맡겼다. 망망대해가 무엇을 준비하고 그들을 기다리고 있는지, 어떤 은총을 내릴지, 무슨 재난과 맞닥뜨리게 할지 누구도 알 수가 없었기에 운을 믿었다. 바다와 바람, 구름과 번개 그리고 파도가 엄청난 위력을 가지고 있고, 인간은 너무나도 무력하다는 걸 잘 알고 있었다. 그래서 도시 사람들보다 더 자연에 순응했다. 이들은 바다라고 하면, 도시 사람들처럼 해수면을 떠올리지

---

8 역주-불운과 악재를 막기 위한 짧은 기도 후 나무 재질의 무언가를 두드려야 기도가 통한다고 믿는 터키인들의 관습적 행동

않았다. 해수면 아래 흥분을 자아내는, 때때로 만선으로 풍요를 가져다주면서도 위험을 안겨주는 전혀 다른 세상을 떠올렸다. 신화도 모를뿐더러, 어쩌면 제대로 읽고 쓰는 것조차 배우지 못한 가장 평범한 어부조차도 포세이돈의 감정을 언급하는 건 바로 이 때문이다. 어떤 날은 드넓은 바다가 분노하며 난폭해졌고, 삼지창을 들고 누구도 맞설 수 없는 괴력으로 공격했다. 하지만 다른 날에는 온순한 연인이 되어 얼굴을 쓰다듬는 가볍고 달콤한 바람으로 복수로 가득했던 날들을 잊게 해주었다. 마치 바다가 용서를 구하는 것 같았다. 바다는 풍요의 원천이었고, 재앙의 근원이기도 했다. 바다의 파란색은 거대한 몸체를 감추는 피부였다. 불어오는 바람으로 시작되는 일렁임은 바다가 잠에서 깨어나는 뒤척임이었다.

무스타파는 젊은 시절 잠수부로 일했던 터라 바닷속을 잘 알고 있었다. 리듬을 타고 천천히 춤을 추는 해초들에 대해서 잘 알았다. 물 밖 세상을 본 적도 없고, 어쩌면 자신이 물속에서 살고 있다는 것도 인지하지 못하는 괴상한 해저 생물들에 대해서도 그는 모르는 게 없었다. 바닷속 생물들도 무스타파를 아는 것 같았다. 움푹 팬 바위 틈을 보금자리로 삼은 커다란 능성어 두 마리에게—작살로 차마 찌르지 못하고—그는 잠수할 때마다 인사를 했다. 능성어도 마치 무스타파의 인사를 받아주는 것처럼 보였다. 자주 봐서 그런지 물고기도 어부를 피하지 않았다.

왜 그랬는지 몰라도, 무스타파는 그 능성어 두 마리 중 덩치가 더 큰 녀석에게 오스만이라는 이름을 붙여줬다. 젊은 시절, 그는 친구들과 카페에 카드놀이를 하다가 능성어 한 마리의 이름은 오스만인데 다른 한 마리는 모르겠다고 한 적이 있었다. 모두가 그 이야기를 듣고 웃었다. 무스타파는 친구들이 왜 웃는지 몰라 어리둥절해했었다. 백년에 입을 한 번 열까 말까 한 내성적인 어부가 농담을 한 게 아니라는 걸 아무도 알지 못했다. 무스타파는 보호종 물고기에 대한 애정이 있었다. 그는 진지했다. '고양이와 개는 이름이 있는데 불쌍한 물고기는 왜 이름이 있으면 안 되는 걸까?' 아들을 잃고 난 뒤로 그는 잠수하지 않았다. 카페에도 가지 않았다. 오스만과 그 옆에 늘 같이 다니던 다른 능성어가 어떻게 되었는지 무스타파도 더는 알지 못했다.

그에게 바다는 직장이었고, 바다는 삶이었다. 바다는 연인이었다. 바다는 포악했고, 과묵했다. 바다는 다정하기도 했고 분노하기도 했다. 어떤 날은 어부를 굶어 죽게 할 것 같다가도, 어떤 날은 한없이 내어줬다. 바다는 낚싯줄을 드리우고 그물을 던지는 모두에게 자신을 내주지는 않았다. 어부라면 물고기들이 잡히는 때와 장소, 이동지점, 낚싯바늘, 미끼, 그물, 잡는 기술을 당연히 알고 있어야 했다. 가끔 그가 고깃배에 태우고 나갔던 외지인들처럼, 어설픈 사람에게 운이 맞아떨어지는 때도 있었다. 몸통에 낚싯바늘이 걸린 채 커다란 붉은 성대[9]가 올라오는 일도 있었지만, 이런 행운은 아주 드물었다.

관광객 중에는 배를 타고 낚시하는 흥분을 느끼고 싶어 많은 돈을 내는 이들도 있었다. 그런 사람들은 겉모습과 행동에서 고기를 잡는 게 목적이 아니라, 흥분을 즐기려는 것이라는 게 바로 드러났다. 그들은 생계를 걱정하는 사람들이 아니었다. 대부분 좋은 사람들이

---

9   역주-보라색을 띤 붉은 얼룩무늬가 있는 40cm 정도의 양성대과 물고기

지만, 개중에는 쉴 새 없이 수다를 떨며 무의미한 질문들로 어부들을 괴롭히는 사람들도 있었다. 마치 평생 배워야 하는 어부의 지식을 배 타고 한 번 나간 걸로 다 해결할 수 있는 것마냥, 묻고 또 묻는 사람들이 있었다. 낚시에 물고기가 걸리기라도 하면, 흥분해서 자리를 박차고 일어나기도 했다. 그 바람에 작은 배가 뒤집힐 정도로 흔들리기도 했다. 무스타파도 그런 사람들을 태우고 바다로 나가지만, 자기만 알고 있는 바위나 낚시 포인트로는 절대 데려가지 않았다. 낚시로 물고기를 잡는 건 손님의 운에 달린 셈이었다.

최근 들어, 바다를 망쳐놓기 시작한 가두리양식장이 근처에 들어서기 시작했다. 그 부근에는 물고기가 많았다. 양식장 그물에서 탈출한 것들이거나, 아니면 양식장에서 주는 먹이를 찾아서 모여든 큰 물고기들이었다. 어떤 물고기들은 먹이를 찾으려다 양식장 그물에 걸려 나오지도 못하고 오히려 다른 물고기의 먹이가 되기도 했다. 무스타파는 이런 물고기들을 보면 마음이 아팠다. 빨리 발견하거나, 상황이 허락하면 잠수해서 물고기를 빼내줬다. 특히나 그게 돌고래라면. 무스타파는 돌고래를 자신의 형제라도 되는 것처럼 좋아했다. 그는 돌고래들과 둘도 없는 친구였다. 굳이 말을 하지 않아도 돌고래와는 소통이 되는 것 같았다. 간혹 관광객들을 태우고 바다로 나갈 때가 있었다. 그때 군청색을 띤 돌고래가 힘찬 몸뚱이로 배 근처에서 솟구쳐 튀어 오르거나 그와 함께 장난이라도 치면, 관광객들은 그 모습에 완전히 매료되었다. 그러면 관광객들이 주는 팁은 늘어났다. 관광객들이 돌고래 사진을 찍으면 팁은 더더욱 많아졌다.

하루는, 호기심 많은 한 관광객이 손에 든 책을 가리키며 무스타파에게 읽어봤냐고 물어봤고, 무스타파는 쓴웃음을 지었다. "책이랑 우리가 어울리기나 하나요. 간신히 밥벌이나 하는걸요." 이상한 물건인 양 책을 쳐다보며 대답했다. 하지만 관광객은 끈질겼다.

"이 책은 당신 같은 어부에 관한 이야기예요. 미국 작가가 쓴 소설이죠. 여기에도 황새치가 있습니까? 황새치를 잡으시나요?"

"물론이죠."라고 무스타파가 대답했다. "바다에서 뭐가 잡히든, 알라신께서 뭘 허락하시든 그게 제 몫이죠."

"들어봐요. 이 책에 나오는 어부는 당신처럼 젊지 않아요. 노인이죠. 어느 날, 아주 큰 황새치가 가짜 미끼를 삼켜요. 그리고 황새치가 노인의 작은 고깃배를 끌고 가기 시작해요. 아시겠죠? 그 정도로 컸답니다. 며칠 밤낮을 끌려다니고, 노인의 손은 상처투성이가 되지요. 노인은 배고프고 힘든 상황을 견뎌냅니다. 결국에 황새치는 지치고, 노인은 커다란 작살로 황새치를 죽인답니다. 황새치는 배에 실을 수 없을 정도로 컸어요. 황새치를 배 옆에 밧줄로 묶고 돌아가지만, 돌아가는 길에 무슨 일이 있었는지 아세요?"

무스타파는 못마땅한 듯이 말했다. "그 노인네 훌륭한 어부는 아니군요. 난 그 노인이 마음에 안 드네요."

관광객은 당황했지만 "들어봐요. 진짜 재미난 부분은 여기부터예요. 돌아오는 길에 상어들이 나타나고, 상어가 물고기를 먹기 시작…"이라고 계속 말을 이어갔다.

"그만하세요. 됐어요." 무스타파는 관광객의 말을 잘랐다. "그 노인네가 마음에 안 든다니까요. 나랑은 맞지 않아. 훌륭한 어부는 아닌 것 같군요."

결국, 무스타파의 고집을 꺾지 못한 관광객은 그 노인을 왜 마음에 안 들어 하는지 물었다. "황새치가 그렇게 굉장한 물고기고, 며칠 밤낮을 항복하지 않으려고 버텼다면, 어부도 줄을 끊고 '자, 용감한 녀석. 넌 살 자격이 있어. 바다로 돌아가서 잘 살아.'라고 해야 맞는 것이죠. 가끔 나도 커다란 물고기를 잡을 때가 있어요. 배 위로 올리려고 끌어당기다가 그 엄청난 녀석이랑 눈이 마주칠 때가 있거든요. 어찌나 슬프게 바라보는지, 난 측은한 마음이 들어서 그놈을 다시 바다로 돌려보냅니다."

많은 어부는 쳐놓은 그물이 끊어져 떠내려가면 그걸 끌어 올리려고 애쓰지 않았다. 새 그물을 사면 그만이었다. 그러나 떠내려간 플라스틱 그물은 바닷속 바위를 휘감고 바다와 물고기들의 생태계를 망쳐놓았다. 무스타파는 잠수해서 자기 그물은 물론이고, 다른 사람이 버리고 간 그물까지 건져냈다. 그리고 나무라는 듯한 눈으로 다른 어부들을 쳐다보곤 했다. 무스타파는 플라스틱 그물이 없었던 옛날을 기억하고 있었다. 그는 옛날 그물을 더 좋아했다. 그때 어부들은 그물을 조심해서 끌어당겨야 했다. 고기잡이를 마치고 해변에서 엄지발가락을 그물코에 넣고는 팽팽하게 당겨서 수선하던 면사 그물을, 무스타파는 더 좋아했다. 그 그물에서 나는 바다 냄새도 잊을 수가 없었다.

그는 계절에 따라 농어를 잡기도 하고, 명태를 잡기도 했다. 만새기는 힘이 세서 낚싯줄을 잡은, 그의 손을 마구 흔들어댔다. 적돔들은 눈이 부셨다. 노랑촉수는 물고기들의 제왕이었다. 젖은 비늘이 빛에 따라 분홍색을 띠었다. 어부들은 그런 노랑촉수의 모습에 감탄했다. '미안해, 얘들아. 자연의 법칙이 이런 거란다. 우리가 너희들을 잡지만, 너희들도 다른 물고기를 잡아먹잖아. 세상의 질서가 이런 것 아니겠니.' 무스타파는 큰 물고기들이 괴물처럼 벌린 아가리로 작은 물고기 수백 마리를 먹어치우는 것을 자주 목격했다. 조그만 물고기들은 살아남기 위해 무리를 이뤄 도망쳐보기도 했지만, 성공하진 못했다.

다른 어부들은 포구로 돌아가는 길에 무스타파가 배 위에서 혼잣말하는 걸 보고 이상하게 생각하곤 했다. 하지만 혼잣말이 아니라, 그는 물고기들과 이야기하고 있던 것이었다. 바다를 너무 보다 보니 바다와 하나가 돼버린 것 같았다. 육지에 뭐가 있건 바다에도 같은 것이 살고 있다고 그는 믿었다.

최근 들어 무스타파는 바다의 변화를 감지하고 있었다. 할아버지 시대 때부터 어부들이 알고 있던 물고기 외에 이름을 듣지도, 보지도 못했던 이상한 물고기들이 번식하기 시작했다. 이 물고기 중에는 복어가 있었다. 먹으면 죽는다는 걸 어부들도 근래에 배웠다. 하지만 쏠배감펭은 복어처럼 전에 한 번도 본 적이 없었던 물고기였지만 해롭진 않았다. 육질이 단단하고 맛도 있었다. 사람들은 "단, 가시에 독이 있어서 잡을 때나 손질할 때 손이 닿지 않도록 조심해야 해."라고 경고했다. "이 물고기들이 어디서 온 것인지 할아버지들도 아버지들도 모를 거야."라며 어부들은 궁금해했다. 어떤 사람은 "바닷물 온도가 올라갔잖아. 그래서 이 이상하게 생긴 물고기들이 생겨난 거야.", 또 어떤 이는 "외국 선박들이 평형수를 비우잖아. 거기서 그런 물고기 알이 퍼지는 거라던데."라는 등의 이야기를 했다.

한번은, 대도시 대학의 수자원학과 교수가 와서 어부들을 한곳에 모은 적이 있었다. "여러분, 이 물고기들은 외래어종입니다. 해결책을 찾지 않으면, 외래종이 우리 바다에 사는 물고기들을 멸종시킬 겁니다. 수에즈 운하가 개통되면서 인도양에서 서식하는 어종들이 지중해까지 건너오게 된 겁니다. 외래종이 침입을 했고, 그 개체 수가 늘어난 것이죠. 홍해로 상품을 실어 나르는 대형 선박들은 화물을 내린 다음 배의 무게중심을 유지하려고 평형수를 채웁니다. 그리고 이 근처를 지나면서 그 물을 비우는 것이죠. 이것도 우리 바다에 영향을 준다고 봐야 합니다. 물고기 알이 우리 바닷물에 섞이게 되니까요."

염소수염에 안경을 쓴 교수는 매달 마을을 찾아와서 어부들을 교육했다. 그는 수자원학과에서 보낸, 아는 게 많은 사람이었다. 어부들이 본 적이 있는 모든 물고기 이름이 그의 입에서는 바로 나왔다. 이름이 다 외국어라서 어부들이 기억하는 건 무리였다. 제대로 발음하기도 힘들었다.

교수가 해준 이야기를 듣고 어부들은 근심에 빠졌고, 정말 심각하다고 생각했다. '도시 사람들이 이 근방의 숲을 밀어버리고는 빽빽하게 별장 단지와 호텔을 짓고, 산에서는 광물을 찾는다고 산맥을 갈라놓는 것도 모자라, 이젠 우리 바다를 뺏으려는 거잖아.' 어부들의 할아버지와 아버지는 마을을 지키기 위해 고민할 필요가 전혀 없었다. 옛날에는 아무도 나무와 공기, 바다를 더럽히지 않았다. 그런 건 생각조차 못 할 일이었다. 하지만 이젠 외부에서 온 침략자들이 자연을 자기 것이라고 여기고, 망치려 드는 모습을 분노하며 지켜볼 수밖에 없었다. 카페에서는 늘 이 문제가 화젯거리였다. 누군가 이런 말을 했다.

"회사가 산꼭대기에 있는 숲을 밀어버리고 금을 캔다나 봐. 그것도 청산가리라는 독극물을 써서. 그게 물에 섞이면 우리 모두 암에 걸리게 된대."

그 말에 다들 저마다 제 목소리를 내었다.

"여기는 그 자체로 황금이잖아. 공기며 물이며 다 황금이지."

"산을 뚫을 필요가 뭐 있어?"

"작년에 산에서 쏟아져 내려온 홍수 있잖아, 그런 홍수를 전에 본 적 있어?"

"본 적이 없지. 물이 여기까지 내려오지는 않지."

"양심도 없는 것들이 나무를 베어냈잖아. 그러니 물이 아래로 콸콸 쏟아져 내린 거야."

이곳은 자신들의 땅이었고, 조상들로부터 물려받은 마을이 아니었던가? 그 사람들이 여기서 뭘 하겠다고 저러는지 이해가 되지 않았다. 병문안하러 가느라 비행기를 타고 이스탄불을 다녀왔던 한 어부는 "하늘에서 보면 눈물 날 정도야, 정말로. 해안은 양식장으로 막혀 있고, 관목 숲은 싹 밀렸더라고. 바다는 녹색 늪 같아. 그렇게 양식장에 약이랑 사료를 퍼부었으니 이렇게 될 수밖에."라고 했다.

"양식장을 먼바다에 설치한다고 하지 않았나? 우리한테 그렇게 말했었잖아?"

"했었지. 근데 돈으로 다 해결한 거지. 뇌물을 쓰면 법이고 뭐고 없는 거야."

"광산 개발하는 놈들도 마찬가지야."

"우리 같은 사람들은 죽어도 누가 울어주기나 하겠어. 우리 같이 가난뱅이들 말을 누가 들어주기나 하나."

무스타파는 갈수록 늘어나는 이 거대한 가두리 양식장들을 물고기들의 감옥이라고 생각했다. 죄수가 되어 갇혀있는 물고기들을 보면 가슴이 아팠다. 어부에게 잡힌 물고기들은 운명이 뭐였든 적어도 바다에서 자유롭게 돌아다니며 운명대로 살았다. 하지만 양식장에 있는 불쌍한 물고기들은 비좁은 그물 속에 꽉꽉 들어차 있었다. 감옥에서 몸집이 커지면 바로 주방으로 넘겨졌다. 이제는 복어가 골치를 썩였다. 그들에게 가장 당면한 문제가 복어였다. 이 괴물 같은 물고기가 어부들의 생계를 위협했다.

어릴 적부터 무스타파와 메수데의 친구였던 사르 유수프는 "괴상한 놈이야, 이 복어라고 하는 놈은. 고깃배를 갉아 먹더라고, 세상에. 내가 직접 봤다니까. 콜라 캔도 씹어 먹어."라고 했다.

다른 어부들도 모두 같은 말을 했다. 복어는 그물에 구멍을 내는가 하면, 물고기들의 씨를 말리기도 했다. 어부들은 이 독이 있는 물고기만 그물 가득 잡힌다고 불평했다. 그중 한 명이 말했다. "못 믿겠지만, 지난번에 이놈들이 400마리나 잡혔더라고. 어떻게 해야 할지 모르겠더라니까. 육지에 가서 태워야 하나? 땅에 묻어야 하나?"

교수는 "절대 그러시면 안 됩니다. 복어를 육지로 가져오는 건 금지예요. 복어를 죽인 다음 꼬리를 잘라서 바다에 버리세요. 땅에 묻으시면 다른 짐승들이 먹을 수도 있습니다.”라고 했다.

그 순간 어부들 머릿속에는, ‘그럼 바다에 있는 물고기들이 먹으면?’ 하는 의문이 생겼다. 그것들은 어떻게 되는 걸까? 그리고 꼬리는 왜 자르라고 하는지 이해할 수 없었다. 무엇 때문에 꼬리를 자르라고 하는 거지? 교수가 말했다. “곧 정부가 대책을 내놓을 겁니다. 어부들에게 복어 꼬리 하나당 5리라씩 지급할 겁니다.”

어부들은 서로 얼굴을 바라봤다. ‘복어 꼬리가 400개면 얼마야?’라는 기분 좋은 의문이 들었다. 이 점은 썩 마음에 들었다. 비록 복어가 고기잡이와 어구들에 피해를 줬다고 해도, 솔직히 마리당 5리라면 적은 돈은 아니었다. 어부들은 자신들이 잡은 크고 비싼 생선들을 계약한 식당에 팔았다. 작은 물고기들은 커다랗고 붉은 쟁반들 위에 올려놓고 바닷가에서 자신들이 직접 팔았다. 이웃들이 싸게 생선을 먹을 수 있도록 한 배려였다. 사실 어부들도 그런 작은 물고기들을 먹었다. 큰 물고기들은 부자들을 위한 것이었다.

무스타파는 바다에서 돌아와 배를 묶고 있었다. 외메르가 화난 얼굴로 그의 앞에 나타났다. 외메르는 때때로 정신 나간 젊은 예언자 같기도 하고, 또 어떤 때는 화가 나서 언제 폭발할지 모르는 미친 사람 같기도 한, 어쩌면 마을 사람 모두가 좋아하는 유일한 사람이었다. “왜 그렇게 매일 일찍 나가는 거예요?” 외메르가 무스타파에게 불평했다.

“늘 하던 대로야. 난 항상 일찍 나가.”

“일찍 나가지 말아요. 안 그럼 화낼 거예요!” 하며 외메르는 단호하게 말하며 인상을 썼다.

"왜 나가지 말라는 거니, 외메르? 너한테 무슨 피해가 있다고 그래?"

"진주를 줄 수가 없잖아요. 엄마가 그렇게 이른 시간에는 집에서 못 나가게 해요. 그 시간이면 내가 염소젖을 짜야 하는 시간이란 말이에요."

"무슨 진주인데 그래?"

외메르의 외모는 사람들을 미소 짓게 만들었다. 머리는 엄청나게 큰데 팔은 짧고 손은 아주 작았다. 마치 손과 팔이 없는 물고기를 연상시켰다. 게다가 늘 바닷속 물고기처럼 사람들을 쳐다봤다. 눈동자는 예뻤지만 초점이 없었다. 외메르의 외모가 그런 건 근친혼 때문이었다. 그래도 아주 귀여운 녀석이었다. 열예닐곱 살 정도 되는 사내였다. 부어있는 것 같은 눈꺼풀 아래로 이상한 눈초리를 하고는 혀짧은 소리로, "큰 실례야, 실례."라며 고개를 좌우로 흔들었다.

무스타파는 기분이 좋은 상태는 아니었지만, 외메르와 대화하는 건 언제나처럼 좋았다. 근심이 조금이나마 사라지는 것 같았다.

"무슨 생각을 하는 거예요? 몇 번이나 이야기했는데." 외메르가 목청을 높였다.

"뭘 말했다는 거니, 외메르?"

"바다로 나갈 때 작은 진주를 준다고 했잖아요. 그리고 그 진주를 바다에 던져요. 그럼 진주들이 물고기들의 배에서 자랄 거라고요."

"아아. 미안해, 외메르. 잊어버렸어! 진짜야." 그렇지만 외메르가 이런 말을 한 적도 없었고, 들은 적도 없었다. 새로운 놀잇거리를 만들어낸 게 분명했다. 외메르는 이렇게 이상한 것들에 가끔 집착했다.

진주에 빠지기 전에는 마을 이장의 도장을 이마에 찍으면 자신이 매우 중요한 사람이 된 것 같은 착각에 빠졌었다. 외메르는 갑자기 정부에서 일하는 공무원이 된 것처럼 행동했다. 자기 앞에 있는 사람에게 이마를 보여주며, "이걸 보라고. 알아서들 해."라고 말하고 다녔다. 호루라기 부는 소리를 흉내내더니 "생각 잘해. 난 안 봐줘. 바로 감방으로 보낼 테니."라고 하기도 했다.

"다른 사람들한테도 말했니?"

"당연하죠. 매일 아침에 한 주먹씩 줬어요. 그 사람들은 그걸 가져가서 바다에 던진다고요. 아저씨 혼자만 안 하고 있어요."

"진짜 잊어버렸어. 미안해, 외메르."

"아저씨 때문에 우리가 부자가 못 되는 거야." 아이가 소리쳤다.

"어떻게 하냐면 말이야, 내가 일찍 나가는 바람에 널 못 만나는 것 같으니까, 그 진주를 지금 줘. 내가 내일 바다에 던질게."

외메르는 한참 동안 이상한 미소를 띠고 그를 바라봤다. 그리고는 "좋아. 지금 가져올게." 하더니 심각한 표정으로 무스타파를 보고, "어디 도망가지 말아요."라고 했다.

"안 가. 내가 왜 도망가겠니?"

외메르는 어디론가 뛰어가더니 잠시 뒤, 사계절 내내 입고 다니는 낡은 양복 윗도리 주머니에 손을 넣은 채 뒤뚱거리며 돌아왔다.

"받아요."

주머니에서 하얗고 작은 자갈 한 줌을 꺼냈다.

"이거 받아요."

"그래. 고맙다, 외메르…."

"아침에 바다에 던져요."

"그래. 던질게."

"근데, 잊어버리면 안 돼요….."

"안 잊어버릴게."

"큰 고기들한테 던져요!"

"알았어, 외메르. 걱정하지 마." 무스타파가 대답했다. 아이는 신이 났다.

무스타파는 종종 '저 아이와 같은 상상력을 가진 사람은 아무도 없을걸.'이라고 생각하곤 했다. 하루는 외메르가 가게에서 산 소금을 바다에 쏟고 있었다. 뭐 하냐고 묻는 사람들에게 '바닷물의 소금이 줄어들어서' 소금을 넣어준다고 했다는 것이다. 그리고 "내가 아니면 아무도 바다를 돌보지 않아." 불평했다. 좋은 녀석이었다. 마을에는 자기 집 마당에서 동물들을 많이 키우는 셰이트 씨가 있었다. 그는 관광객을 태우려고 종과 방울을 달고 색색의 천으로 덮어 유별나게 치장한 낙타 한 마리를 키우고 있었다. 가끔 그가 외메르를 낙타에 태워주곤 했는데, 낙타를 탈 때면 외메르는 깔깔대고 웃었다.

파란 해초, 흰 구름, 하얀 갈매기, 보랏빛이 감도는 갯바위, 맞은 편의 보라색 산과 돌섬들…. 아직 깊은 잠에서 깨어나지 않은 바다에서 무스타파는 한 손으로 방향타를 잡고 있었다. 그리고 다른 한 손에 든 담배를 깊게 빨아들였다. 무스타파는 자기 소유나 마찬가지인, 소위 비밀의 암초라고 불리는 곳을 향해 미끄러지듯 나아갔다. 이젠 다른 어부들도 암묵적으로 그곳은 무스타파의 어장이라고 생각하고 있었다. 바다의 변화를 속속들이 알고 있는 그의 눈에 멀리 있는 물체가 하나 들어왔다. 헤엄치고 있는 사람이라고 하기엔 육지에서 너무 멀리 나와있었다. 그는 '이렇게 먼바다까지 나와서 수영하지는 않지.'라고 생각했다. 그는 그 물체를 향해 방향을 돌렸고, 속도를 조금 높였다. 가끔 화물선에서 바다로 목재가 떨어지곤 했다. 자동항해 설정이 된, 모터 달린 요트는 선장의 가벼운 실수로도 사고가 날 수 있었다. 특히, 어두운 밤엔 요트의 선체가 이런 목재를 들이받기도 했다. 다시 그런 일이 일어나면 안 되겠지만 배가 전복되기도 했다. 저기 보이는 물체가 목재라면 지나다니는 배가 위험할 수도 있었다.

빠르게 다가갈수록 무스타파는 자신이 생각했던 게 아닌 것 같다는 느낌이 들었다. 사람 같아 보였다. 얼굴은 바닥을 향하고 있었고 물결 따라 출렁였다. 무스타파는 몇 미터 더 다가갔다. 의심할 여지가 없었다. 그랬다. 그건 여자였다. 검은색의 긴 머리카락이 파도에 흩어져 있었다. 여자는 검정 옷을 입고 있었는데, 두 팔이 양쪽으로 펼쳐져 있는 걸로 봐서 익사한 게 분명했다. 무스타파는 배를 조심스럽게 그 여자 옆으로 붙인 다음 여자의 어깨를 붙잡고는 몸을 뒤집었다. 그의 생각이 맞았다. 익사한 것이었다. 다갈색 피부의 젊은 여자는 얼굴이 조금 부어있었고, 멍이 들어있었다. 무스타파는 큰 충격에 휩싸였다. '이 여자는 누굴까? 어째서 이렇게 먼바다에 있는 걸까? 혹시, 배에서 추락한 건가?' 그런 생각에 빠져있던 중에, 어젯밤에 심하게 불어대던 폭풍이 기억났다. 그리스 섬으로 가려다가 종종 전복되곤 하던 난민 고무보트들이 있었다. 그 보트를 탔던 난민 중 하나가 틀림없었다. 배가 어디서 전복됐는지 알 길은 없지만, 폭풍이 여기까지 시신을 떠내려 보낸 건 확실했다. 사실 코스^{Kos}, 칼림노스 ^{Kalymnos}, 레로스^{Leros}, 세 섬이 바로 코앞이었다.

무스타파는 여자를 어떻게 해야 할지 고민했다. 무덤도 없는 자기 아들처럼 그 여자도 그렇게 바다에 내버려 둘 수는 없었다. 사람은 죽으면 땅에 묻혀야 하고, 그건 모든 사람의 권리라고 생각했다.

하지만 최근 난민 수천 명이 무덤에 묻히지 못하고 바닷속으로 사라졌다는 뉴스를 본 적이 있었다. 적어도 이 여자만큼은 무덤도 없이 바다에 버려지게 둬서는 안 되겠다는 생각이 들었다. 그는 사용하는 일은 거의 없었지만, 긴급한 상황을 대비해 휴대하고 있던 구형 휴대전화를 꺼냈다. 하지만 신호가 잡히지 않았다. 그곳에서는 통화가 불가능했다. 여자를 배 위로 끌어 올리는 건 힘들겠다는 생각이 들었다. 하지만 몸집이 작으니 무스타파는 한번 시도해보기로 했다. 근처에 암초나 섬도 없었다. 여자를 그런 곳에 일단 두고 육지로 돌아가 해안경비대에 신고할 수도 없었다.

무스타파는 뱃전에 몸을 걸쳤다. 여자의 양 겨드랑이 사이로 팔을 넣어 감싸 안고, 시신을 배 위로 끌어 올리기 시작했다. 여자는 몸집이 작았지만 물을 먹어 무거웠다. 시신을 배 위로 올리는 건 쉽지 않았다. 여자를 감싸 안고 상반신만 간신히 끌어 올렸다. 물에 젖은 긴 머리카락이 무스타파의 얼굴에 달라붙었다. 상반신을 배 위로 올려놓고 나니 하반신을 올리는 건 한층 쉬웠다. 여자의 고개는 어창[10] 근처에서 한쪽으로 꺾여있었고, 메마른 몸뚱이는 바닥에 널브러져 있었다. 바닥에 그렇게 누이고 보니, 무스타파의 눈에는 그 여자가 더 어려 보였다. 20대인 것 같았다. 가느다란 손가락까지 온몸이 보랏빛이었다. 무스타파는 뛰는 심장을 진정시키려고 담배를 찾았다. 그는 손을 말리고 담배에 불을 붙였다. 심란해하며 담배 연기를 빨아들였다. 무스타파는 방향타를 마을로 향해 돌렸다. 오늘은 고기잡이

---

10 잡은 물고기를 보관하는 어선 안에 있는 창고 또는 그 문

할 상황이 아니었다.

돌아오는 길에 무스타파는 여자가 어느 나라 사람인지 궁금해 얼굴을 살펴봤다. 그녀는 시리아, 파키스탄, 아프가니스탄 같은 곳에서 온 것 같았다. 그러다 비록 죽었다고 해도 여자를 그렇게 쳐다보는 건 죄라는 생각이 들어 천막으로 여자를 덮었다. 천막을 덮느라 무스타파는 방향타를 손에서 놓고 있었다. 그러다 고개를 드는 순간 배에 부딪힐 것 같은 또 다른 시신을 발견했다. 그는 재빨리 키를 오른쪽으로 꺾었다. 그리고 다시 배를 돌려 천천히 시신이 있는 곳으로 돌아왔다. 바다에 한 사람이 더 있었다. 남자였다. 배가 일으킨 얕은 파도에 시신은 출렁이고 있었다. 얼굴은 물속을 향하고 있었고, 팔은 양옆으로 벌린 상태였다. 그는 푸른색 외투를 입고 있었다. 머리카락은 검은색이었다. 무스타파는 그 사람도 뒤집었다. 여자처럼 그도 20대처럼 보였다. 다갈색 피부와 검은 곱슬머리, 보랏빛으로 변한 얼굴이 드러났다. 어쩌면 그 여자의 남편이거나, 형제 또는 친척일지도 몰랐다. 그렇지 않으면, 같은 운명을 맞이한 동포이던가. 그는 '이 사람은 배에 못 태우겠어.'라고 생각했다. '자리도 없는 데다, 죽었다고 하더라도 사람을 겹겹이 쌓는 건 예의가 아니지. 그건 죄야. 이 남자가 여자의 남편이 아니라면 말이야.' 그때 뭔가 머릿속에 떠올랐다. 뱃머리에서 꺼낸 밧줄을 남자 겨드랑이 밑으로 넣어 묶은 다음 배를 움직였다. 줄은 팽팽해졌고, 남자는 배 뒤쪽에서 끌려오기 시작했다.

근처에서 난민을 태운 보트가 침몰한 게 분명했다. 그렇다면 더 많은 시신이 바다에 있어야 했다. 무스타파는 만약 시신 몇 구를 더 발견하면 어떻게 해야 할지 생각해봤다. 그가 감당할 수 있는 상황이 아니었다. 남은 밧줄은 겨우 하나였다. 낚싯줄이야 당연히 있는 것이었고, 어쩌면 그 낚싯줄로 시신 한두 구를 더 육지로 옮길 수 있을 것 같았다. 낚싯줄이 사람의 무게를 감당할 수 있을지 확실치 않았지만, 그 순간에는 시신을 끌고 갈 수 있을 거라는 판단이 섰다. 살아보겠다고 발버둥 치는 거대한 물고기가 아니라, 배가 가는 데로 조용히 따라오는 시신이라면 낚싯줄로도 그리 어렵지 않을 것 같았다.

이런 생각을 하고 있을 때, 지난여름 배에 탔던 관광객이 들려준, 어부 이야기가 떠올랐다. '세상에나. 그리고 보니 그 양반은 노인인데도 책에 다 나오고 말이야. 나도 그 노인네처럼 이렇게 육지로 데려가고 있잖아. 물고기가 아니라 사람을 말이야. 그럼 뭐하나? 아무도 책으로 써주지도 않을 텐데.' 무스타파는 이제부터 할 일이 많았다. 해안경비대에 시신을 인도해야 했고, 진술도 해야 했다. 그리고 여러 서류에 서명도. 이런 날은 고기잡이를 포기할 수밖에 없었다.

장례식을 치르는 배처럼 배는 육지를 향해 천천히, 경건하게 나아가고 있었다. 그때 갑자기 돌고래가 나타났다. 무스타파는 긴장했다. 장난을 좋아하는 돌고래가 나타나서였다. 평소처럼 배 밑으로 들어갔다가 반대편에서 나타나거나, 배 옆에서 물 위로 솟구치면서 물을 튀기는 짓을 하면 어쩌나 걱정이 앞섰다. 죽은 사람들이 불편해할 것 같다는 생각이 들었다. 하지만 놀랍게도 돌고래들은 조용했다. 마치 이 모든 상황을 알고 있는 것처럼 전혀 장난스럽게 굴지 않았다. 배와 배에 매달린 채 끌려오는 시신 주변을 맴돌기만 했다. 투명한 물속에서 군청색의 돌고래 몸뚱이가 반짝반짝 빛을 내고 있었다.

무스타파는 자신이 아빠라고 이름 붙인 커다란 돌고래 친구가 위풍당당하게 배를 향해 다가오는 걸 발견했다. 아빠 돌고래는 코로 얼룩덜룩한 뭔가를 밀면서 아주 천천히 오고 있었다. 무스타파는 모터를 멈췄다. 돌고래가 밀고 오는 게 뭔지 더 자세히 보기 위해 자리에서 일어섰다. 돌고래는 붉은색 구명환과 비슷하게 생긴 뭔가를 밀면서 배 옆으로까지 왔다. 그 순간 무스타파는 깜짝 놀랐다. 아주 작은 고무보트 속에 갓난아기가 있었다. 아기는 눈을 감고 있었다. 얼굴은 보랏빛이었고 움직임이 없었다. 아기는 작은 고무보트에 묶여있었다. 무스타파의 심장은 빠르게 뛰기 시작했고, 호흡은 가빠졌다. '어쩌면 알라신이 나를 시험하시는 걸지도 몰라.'라는 생각이 들었다. 그 순간 무스타파는 눈앞에서 벌어지고 있는 상황을 완전히 파악하지도 못했고, 제대로 생각할 만한 시간적 여유도 없었다. 그는 자신의 인생이 바뀌기 직전에 있다는 걸 직감하고는 혼란에 빠진 사람 같았다. 그는 평범했던 일상이 기적과 자리바꿈을 하고 있다는 걸 느꼈다. 몸을 숙여 아기를 묶고 있던 줄을 풀고, 조그마한 아기를 품에 안았다. 그 순간 아빠 돌고래와 다른 돌고래들은 포유류들만의 원초적인 본능으로 뭔가 해냈다는 걸 축하라도 하는 것 같았다. 돌고래들은 유쾌하게 유영을 하며 배에서 멀어졌다. 무스타파는 아기를 바닥에 내려놓으려고 했지만, 그럴 수가 없었다. 보랏빛이 돼있는 아기의 얼굴을 데워주기라도 해야겠다는 생각으로 자기 볼에 갖다 댔다. 햇볕을 오래 못 쬔 게 분명한 것이, 아기 얼굴에는 온기가 없었다. 아기의 피부색도 짙었다. 많이 잡아야 생후 2개월 정도 된 아기였다. 어쩌면 배로 끌어 올렸던 여자의 아이일지도 몰랐다. 어쩌면 지금 한 가족이 자신의 배에 있는 것일지도 모를 일이었다. 무스타파는 아기를 내려놓지 않고 모터를 다시 돌렸다. 그리고 육지로 향해 방향을 돌렸다.

그 순간, 마치 기적이 일어난 것 같았다. 아기한테서 흐릿하고, 매우 약한 신음이 들렸다. 입술도 움직이는 것 같았다. 무스타파는 어떻게 해야 할지 몰랐다. 먼저 스테인리스컵에 깨끗한 물을 담아서 아기의 입술에 물을 묻혔다. 그리고 깨끗한 면 손수건을 꺼내 물을 빨아 먹도록 해줄 생각이었다. 아기 입에 손수건을 물리고 물을 한 방울씩 흘리기 시작했다. 눈을 감고 있던 아기는 기력이 거의 없는 상태에서도 약하게나마 그 손수건을 빨기 시작했다. 얼마나 움직임이 느린지 주의해서 보지 않으면 알 수 없을 정도였다. 무스타파는 아기 얼굴에 묻은 바닷물의 소금기를 닦아냈다. 품에서 아기를 내려놓지 않은 채로 배의 속도를 최고까지 높였다. 작은 배는 잔잔한 바다에서 속도가 붙기 시작했다. 무스타파는 뒤를 돌아봤다. 꽁꽁 묶어 둔 시신도 미끄러지듯 끌려오고 있어서 문제는 없었다. 게다가 무슨 일이 벌어진다고 해도, 지금은 아기 생명을 구하는 것이 더 중요했다. 안타깝게도 아기를 먹일 만한 게 배에는 없었다. 무스타파는 이리저리 배에서 먹을 걸 찾아봤다. 관광객이 두고 간 밀크초콜릿이 손에 들어왔다. 초콜릿을 깨서 작은 조각을 아기의 입술 사이에 넣었다. 아기는 그걸 바로 입속으로 가져갔다. '삼키기라도 한다면 어쩌지.'라는 생각이 들었다. '안 되지. 이걸 햇볕에 녹여서 입에 넣어주는 게 제일 좋겠어.' 무스타파는 한 손으로 햇볕에 달궈진 작은 프라이팬을 들었다. 바다에서 오랜 시간 있어야 할 때, 가스버너 위에 프라이팬을 올리고 잡은 물고기를 거기에 구워서 배를 채우곤 했었다. 지금은 가스버너를 켤 상황이 아니었다. 달궈진 프라이팬에 초콜릿을 넣으니 바로 녹기 시작했다. 무스타파는 반쯤 녹은 초콜릿을 검지로 찍어 아기의 입술에 묻혔다. 이렇게 몇 번 반복하니 아기에게서 미세한 움직임이 보였다. 밀크초콜릿이 묻은 손가락을 빨려고 하는 것 같았다. 입술이 살짝 움직이는 것만으로도 그의 눈에 눈물이 고였고, 가슴이 뭉클했다. '알라신이시여, 위대하신 알라신이시여. 당신의 능력은 끝이 없습니다. 살 사람은 사는군요. 당신이 정하신 운명이니까요.'

이런 생각을 하는 동안 마을이 보이기 시작했다. 4~5분 후면 마을에 도착할 정도 거리였다. 무스타파는 휴대전화기를 꺼냈다. 이제 신호가 잡혔다. 그는 해안경비대에 전화를 걸었다. 탈라트 상사에게 상황을 설명했다. "난민 시신 두 구를 싣고 가는 중입니다. 이 불쌍한 사람들 익사한 것 같네요." 그는 아기에 대해서는 말할 필요를 느끼지 못했다. 어찌 됐건 몇 분 후면 아기를 해안경비대에 넘겨줄 것이었다. 하지만 어부는 고민하고 또 고민했다. 그리고 생각에 잠겼다. '정말로 아기를 넘겨줘야 하나? 꼭 넘겨줘야만 할까? 법에 따르면 당연히 그래야 하지만, 손가락을 빨려고 하던 저 조그만 입술, 저 갓난아기를 어떻게.' 해안경비대가 포구에서 무스타파를 기다리고 있는 게 보였다. 포구로 들어가기까지 얼마 남지 않았다. 갑자기 무스타파는 자기가 뭘 하고 있는지 정확히 판단할 경황도 없이 아기를 배 앞쪽 그늘에 내려놓고 천막으로 덮어버렸다. 배는 속도를 줄인 상태로 포구로 들어섰다. 무슨 일인지 궁금해하는 사람들이 바닷가로 모여들었다. 탈라트 상사는 어부가 내릴 때까지 기다리지 못하고, "어떻게 된 거야?"라고 큰 소리로 물었다. 무스타파는 모든 상황을 설명했다. "시신 한 구는 여기에, 다른 한 구는 밧줄 끝에 있습니다. 해안 경비대 소속 병사들이 이미 눈으로 확인하고 있었다. 배가 닿자마자 병사들은 남자 시신을 끌어 올릴 준비를 했다. 병사 두 명이 여자 시신을 배에서 육지로 옮겼다. 상사는 "바다에 다른 사람이 있던가?"라고 물었다. 무스타파는 "없었습니다. 아무도 못 봤습니다, 상사님."이라고 답했다. "더 많이 있을 거야." 옆에 있던 병사들에게 출항 명령을 내렸다. 상사는 "이게 벌써 몇 번째야? 여기 바다는 이제 시신들로 넘쳐나. 바다에서 시신 수습이나 하고, 밀입국자들이나 쫓아다니고 있으니 원. 다른 일을 할 수가 없네."라고 투덜거렸다. 그리고 무스타파에게 "자넨 먼저 진술서 작성하고, 그리고 목격자 진술을 하러 검사한테 가봐. 우리는 바로 출항해야겠어. 살아있는 사람이 있으려나." 했다. 무스타파는 고개를 끄덕여 알았다는 표시를 했다. 상사가 경비정에 오르자 홋줄[11]이 풀렸고, 강력한 경비정 모터가 바닷물을 갈랐다. 경비정은 큰 소리를 내며 포구에서 멀어지기 시작했다. 배 주위에 모여있던 사람들이 서서히 흩어졌다. 어떤 이는 놀란 눈으로 빠르게 나아가는 경비정을 보고 있었다. 그러나 대부분은 배에서 끌어 올린 뒤, 들것에 실려 구급차로 옮겨지던 시신에 관심이 가있었다. 구경하러 모인 사람들은 무스타파가 겨우 얼굴이나 아는 사람들이었다. 고기잡이하는 친구들은 전부 바다에 나가있었다.

사람들의 관심이 자신에게서 다른 곳으로 옮겨 갈 때까지 무스타파는 그 자리에서 기다렸다. 아기를 보지 못하는 게 힘들었지만 참아

---

11   역주-정박한 배가 바다로 떠내려가지 않도록 묶는 밧줄

야만 했다. 무스타파는 치안군[12]에게 바다에서 있었던 일에 대해 진술했다. 치안군은 조서를 작성한 뒤에 자리를 떴다. 둘러보니 배 주위에는 아무도 없었다. 무스타파는 광주리를 꺼내 아기를 조심스럽게 넣었다. 조그마한 아기를 천으로 덮고 그는 바로 집으로 향했다. 그는 치안군 옆을 지날 때, "집에 가서 좀 씻고, 그리고 검사님한테 가야겠어. 어찌 되었건 시신을 옮긴 거잖아." 했다. 병사들은 "그러세요. 수고하셨습니다. 검사님은 곧 식사하러 댁으로 가실 겁니다. 식사 시간 후에나 가보십시오."라고 했다. 무스타파는 자기가 가던 길 앞에서 수고했다고 인사를 건네는 사람들과 이야기를 들으려고 온 사람들에게 간단히 고개만 끄덕였다. 그리고 마을 밖, 바다가 내려다보이는 언덕 위 방 두 칸짜리 자신의 집으로 향했다.

그 집은 돌아가신 아버지 유산이었고, 그가 태어난 집이었다. 어부였던 아버지가 젊은 나이에 돌아가시자, 은행원과 결혼해서 나질리Nazilli에 신혼집을 차린 여동생 집으로 어머니는 거처를 옮겼다. 집은 그렇게 무스타파 차지가 되었다. 동생네는 다행히도 생활에 여유가 있었다. 동생 필리즈가 임신했다는 소식을 보내왔다. 출산을 겨우 며칠 남겨두고 있었다. 형인 쌀림은 어부라는 아버지 직업을 영 마음에 들어 하지 않았다. 형은 아이든Aydin으로 가서 찻집을 열었다.

무스타파는 집으로 뛰어가고 싶었다. 다리와 머리는 더 빨리 가라고 그를 재촉하고 있었다. 하지만 조급한 마음을 억눌렀다. 사람들 주의를 끌지 않도록 다른 집들과는 거리를 둔 채 걸어갔다. 그리고

---

12   역주-Jandarma, 대도시 외 농어촌 지역 치안을 담당하는 군사 조직

하얀색 석회로 벽이 칠해져 있는 자신의 집에 도착했다. 메수데는 정원에 있는 긴 의자에 앉아서 콩을 다듬고 있었다. 그녀는 일찍 귀가한 무스타파를 보고는 덜컥 겁이 났다.

"무슨 일이야? 알라신이시여, 살펴주소서. 무슨 나쁜 일이라도 있는 건 아니지?"

"아니, 아니야. 집으로 들어와봐."

거실로 들어서자 무스타파는 광주리 속에서 아기를 꺼내 품에 안았다.

"무스타파, 이 아기는 뭐야?" 메수데는 궁금해했다.

무스타파는 "데니즈."라고 답했다.

"어떤 데니즈? 이 아기의 이름도 데니즈야?"

"이름을 내가 오는 길에 지어줬어. 바다가 우리 데니즈를 데려갔지만, 우리에게 다른 데니즈를 준 거야. 내가 전부 다 말해줄게. 근데 지금은 이 아기를 살려야 해. 집에 우유 있지? 그렇지?"

우유는 있었다. 소, 개, 닭뿐만 아니라 낙타까지 키우고 온종일 동물들과 대화하는 이웃집 세이트 씨에게서 메수데는 이틀에 한 번꼴로 한 양동이씩 우유를 샀다.

"있기는 한데, 아기에게 우유를 어떻게 먹이지? 아기가 죽은 것 같아. 살아있는 게 확실해?"

메수데는 어찌할 바를 몰랐다.

무스타파는 메수데에게 말했다. "젖병이 필요해. 근데 약국에서 사면 안 돼. 의심할 거야."

메수데의 얼굴에는 당황한 표정이 역력했다. 그녀는 부엌으로 들어갔고, 수돗물 흐르는 소리가 들렸다. 잠시 후, 그녀는 우유를 채운 깨끗한 젖병을 들고 나왔다. 무스타파는 그녀에게 고마운 마음이 들었다. 메수데는 "아무것도 버릴 수가 없었어." 하며 먼 산을 봤다. 무스타파의 입에서는 가늘게 "세상에!"라는 탄식이 흘러나왔다.

메수데는 익숙한 몸짓으로 아기를 품에 안았고, 젖병을 아기에게 물리려고 했다. 아기는 아무런 반응도 하지 않았다. 입술도 움직이지 않자 무스타파는 "이런, 어떡하지!" 하며 걱정했지만, 메수데는 "걱정하지 마. 이제 먹을 거야."라고 했다. 그녀의 말이 맞았다. 기력이 없었지만 살아야겠다는 의지로 아기는 젖병을 빨기 시작했다.

오후에 무스타파는 읍내로 나가는 공영버스에 올랐다. 30분 정도 가야 했다. 도로 한쪽은 소나무가 울창한 산기슭이었고, 다른 한쪽은 절벽 밑으로 하얀 물거품과 함께 파도가 해안선을 넘나드는 바다였다. 어젯밤 잔혹한 악마처럼 괴성을 지르던 폭풍이 언제 그랬냐는 듯 잦아들었고 주위는 평온했다.

하루는 데니즈가 해변으로 밀려왔다 쓸려 나가는 물거품을 뚫어지게 보더니 말했다. "아빠. 바다가 머리카락을 꼬고 있어." 무스타파는 그 말을 듣고 크게 웃었다. 하지만 지금은 그때를 떠올리면 떠올릴수록 가슴이 미어졌다. 그는 바다를 원망했다. 어쩔 수 없이 바다에서 밥벌이는 해야 했지만, '바다가 아들을 왜 데려갔는지', '어쩌자고 아들의 목숨을 앗아갔는지' 같은 질문들이 그의 머릿속에서 떠나지 않았다.

읍내는 여름철이면 늘 그랬던 것처럼 독일, 영국 관광객들로 붐

볐다. 정오 무렵, 관광객들의 하얀 팔은 랍스터처럼 태양에 익어가고 있었다. 무스타파는 반나체로 다니는 젊은 여자관광객들을 보지 않으려고 애썼지만, 어쩔 수 없이 눈길이 갔다.

법원 복도는 상당히 더웠다. 법원 공무원들은 반소매 와이셔츠를 입고 일해야 할 정도였지만, 검사실에는 에어컨이 있었다. 무스타파는 검사실에 들어서며 긴장했다. '에어컨이 사람을 병나게 만들어.' 그리고 '여름이면 당연히 더운 거지. 이렇게 겨울처럼 춥게 할 필요가 뭐 있어? 도시 사람들은 정말 이상한 사람들이야.'라고 생각했다. 잔병치레하지는 않았지만, 이제 아기가 있어서 무스타파는 더 조심해야만 했다. 그 순간 아기 얼굴이 떠올랐다. 그는 아직 아기 눈동자도 제대로 보지 못했다.

검사는 젊고, 메마른 체형에, 가는 금속테 안경을 쓰고 있었다. 신경이 날카로운 사람 같아 보였다. 검사 책상 뒤편 대형 액자에는 팽팽하게 펴진 천이 깔려있었다. 그의 책상 앞쪽에는 젊은 여자가 컴퓨터 앞에 앉아있었다. 검사는 보고 있던 서류에서 눈을 떼지 않고 있었다. 그리고 사환이 자기 방으로 데려온 무스타파를 그제야 쳐다봤다.

"무스타파 슬라즈 본인이신가요? 조서에 따르면, 두 구의 시신을 발견하셨다는데, 맞습니까?"

"예, 그렇습니다." 무스타파는 대답했다.

"사건에 대해서 직접 이야기해보시죠."

무스타파는 아기에 관한 것만 빼고 모든 것을 있는 그대로 말했다. 시간과 장소, 모든 세세한 것까지 다 말했다. 무스타파가 하는 이야기를 젊은 여자가 컴퓨터에 기록하고 있었다.

"다른 사람은 못 봤고요?"

검사의 질문에, "예, 검사님. 못 봤습니다."라고 무스타파는 답했다.

"좋습니다. 진술한 내용에 대해 서명하시고 가시면 됩니다."

진술서에 자신의 이름과 서명을 기재하면서 무스타파는 조금도 주저하지 않았다. 다른 누구도 보지 못했다고 이젠 자신도 믿고 있었다. '다른 사람은 없었어. 확실히 없었어.'

무스타파가 집에 돌아왔을 때, 메수데는 예전처럼 아기를 자신의 다리 위에 눕혀놓고 가볍게 좌우로 흔들고 있었다. 아기는 깨끗하게 목욕한 뒤 포대기에 반쯤 싸여있었다. 마치 그 무시무시한 일을 겪지 않았다는 듯, 바다 한가운데서 죽을 고비를 넘긴 적이 없었다는 듯 곤히 자고 있었다. 메수데는 검사한테 뭐라고 말했는지 무스타파에게 물었다. 무스타파는 "아무 말도 안 했어. 바다에서 시신 두 구를 발견했다고 했지. 아기에 관해서는 아무 말도 안 했어."라고 대답했다.

"그래, 근데 이거 범죄 아냐? 아기를 발견하고도 신고하지 않는 건 말도 안 되는 일 아냐?"

무스타파는 침묵하고 있었다. 메수데는 "당신을 이해해, 무스타파. 내가 모른다고 생각하지 마. 나도 아기를 보니 마음이 흔들렸어. 손바닥만 한 것이, 당신이 잡은 농어도 이 아기보다는 클 거야. 하지만 우리 아기가 아니잖아. 이 아기를 숨기고 있다는 걸 알게 되면 나라에서 우릴 감옥에 보낼 거야."라고 했다.

"입 다물고 있을 거야. 아무에게도 말하지 않을 거야."

"아기를 너무 원하더니 당신 정신이 나갔어. 아기를 어떻게 숨겨? 그래, 며칠 잘 넘겼다고 치자. 그 다음은? 이 아기는 어디서 났냐고 사람들이 안 물어볼 것 같아?"

"하지만 진술을 끝냈어. 다른 누구도 보지 못했다고 했단 말이야. 되돌릴 수는 없어."

"방법을 찾아야지. 뭐든지 말해야지. 그러니까 나중에 찾았다고 해. 죽은 줄 알았다고 하면 되잖아."

"최소한 하루 이틀은 생각해보자. 봐. 이 상태인데 아기를 누구한테 넘기냐고, 반쯤 죽어있는데. 살려보자고. 목숨은 구해놓고 생각해야지. 그리고 당신은 이웃들이 모르게 조심해야 해. 아무도 아기 소리를 들어서는 안 돼. 울어서도 안 되고."

그때 아기가 크게 숨을 내쉬었고, 부부는 이 숨소리에 대화를 멈췄다. 두 사람은 넋을 잃고 아기의 얼굴을 바라보았다.

무스타파는 그날 밤 꿈에서 아빠 돌고래를 보았다. 돌고래가 배 옆으로 와서 그에게 뭐라고 말했지만, 무스타파는 알아들을 수 없었다.

"뭐라고? 뭐라는 거니? 못 알아듣겠어."

아기가 처음으로 눈을 떴던 그 순간, 무스타파와 메수데는 아기가 눈을 뜬 게 아니라, 마치 세상의 모든 꽃나무가 꽃봉오리를 터트리는 것 같았다. 웨딩드레스를 입은 것마냥 하얀 꽃들에 뒤덮인 살구나무를 보는 듯한 묘한 환희에 잠겼다. 지금 그들 곁에 있는 데니즈의 눈동자는 검었다. 친아들 데니즈처럼 적갈색 눈동자는 아니었다. 하지만 그들 품에 있는 데니즈의 눈빛도 세상 모든 아기처럼 순수했다.

　메수데는 기쁨과 당혹감 사이를 오가고 있었다. 그녀는 데니즈를 잃은 후, 어떤 아기도 가슴에 품지 않겠다고 다짐했었다. 그런데 어여쁜 아기가 느닷없이 품속으로 들어와 버렸다. 검은 눈동자, 굴곡진 입술 사이로 새어 나오는 숨소리, 온몸에서 나는 젖내, 두 손바닥을 맞부딪히질 못해서 허공만 휘젓고 있는 모습을 보느라 두 사람은 시간 가는 줄 몰랐다. 메수데는 죽은 데니즈에게 불러줬던 자장가를 새로 찾아온 데니즈에게 흥얼거리기 시작했다.

무스타파는 집 밖으로 나갈 생각이 전혀 없었다. 밤낮으로 아기만 보고 있고 싶었다. 하지만 생계를 유지하기 위해선 돈도 벌어야 했고, 주변 사람들로부터 의심을 사지 않기 위해서라도 매일 아침 동이 트면 낡은 고깃배를 타고 바다로 나가야 했다. 아기를 발견하고 처음으로 바다로 나간 날, 무스타파는 닻을 내리고 그물을 친 다음 선 채로 하늘을 향해 두 팔을 벌려 크게 소리쳤다. "감사합니다, 나의 알라신이시여! 정말 감사합니다. 당신의 능력은 끝이 없습니다. 감사합니다."

무스타파가 하는 기도는 자기 마음이 가는 대로 하는 기도였다. 마을 사원 성직자가 몇 번이나 알라신에게 감사하다고 해서는 안 되며, 알라신을 찬양하고 경배하는 기도를 올리라고 주의를 시켰었다. 그래도 무스타파는 자신의 언어로 알라신에게 기도하는 것이 더 옳다고 믿고 있었다. 데니즈를 데려갔을 땐 알라신을 원망했고, 몇 년 동안 알라신과 대화도 하지 않았다. 어릴 적부터 한 번도 빠트린 적이 없었던 바이람[13] 예배조차도 보지 않았다. "세상에 얼마나 나쁜 인간들이 많은데, 겨우 찾아서 데려간 게 내 아들이요."라고 혼잣말을 했다. 하지만 알라신을 향해 직접 그런 말을 내뱉지는 못했다. 무스타파는 알라신에게서 한 차례 등을 돌렸었다. "알라신을 노하게 하지 마, 무스타파. 그러면 안 돼. 죄를 짓지 마."라고 메수데가 말할

------

13 역주-bayram, 이슬람 축일로 라마단과 희생절이 대표적

때마다 무스타파는 이렇게 말했었다. "시끄러워. 아무 죄 없는 내 아들을 데려갔어." 메수데는 "회개해. 어서 용서를 빌어. 이 남자 미쳤나 봐. 알라신이시여, 용서하소서. 이 사람 자기가 무슨 말을 했는지도 모른답니다."라며 무스타파를 대신해 용서를 빌곤 했었다.

어느 날 저녁, 무스타파는 기진맥진해서 바다에서 돌아왔다. 해변에는 튀긴 생선과 아니스[14] 냄새가 가득했다. 무스타파처럼 바다에서 고기잡이하고 돌아온 어부 친구들은 가끔 해변 모래사장에서 생선과 함께 라크를 마시곤 했다. 친구들은 무스타파가 어떤 성격인지 잘 알기에 그를 술자리에 부를 생각도 하지 않았다. 그렇다 보니 무스타파가 자신들이 있는 곳으로 제 발로 걸어와서는 골풀 의자를 가져와 앉는 걸 보고 놀라지 않을 수 없었다. 휴대용 가스버너 위에 놓인 프라이팬에는 쏨뱅이와 지중해 도미가 바싹하게 튀겨지고 있었다. 생선 냄새를 맡은 마을 고양이들은 어부 주위를 빙 둘러싸 또 하나의 원을 만들었다. 고양이들은 활처럼 등을 구부린 채로 생선을 낚아챌 기회를 엿보며 기다리고 있었다. 고양이들이 얼마나 날랜지, 어부들이 허둥대는 동안 눈 깜짝할 사이에 번개처럼 덤벼들어서 생선을 낚아채곤 했다. 어부들은 그 순간을 제대로 볼 수조차 없었다. 특히나 덩치 큰 고양이가 한 마리 있는데, 그 녀석은 고양이인지, 귀신인지, 유령인지 모를 정도였다. 그리고 그 녀석의 뻔뻔함을 감당할 사람도 없었다. 그렇다 보니 모두 고양이들에게 두 손을 들었고, 고

---

14   역주-지중해 지역에 자생하는 속씨식물로 튀르키예 전통주 라크 원료 중 하나

양이들이 뭘 원하든 줘버렸다. 어부들은 먼저 고양이들에게 먹을 걸 때 내어준 다음, 편안하게 술자리를 즐겼다. 고양이들은 사람들이 먹다 남은 생선 찌꺼기도 자기들 몫이라는 걸 알고 있었기에, 어느 정도 배를 채우고 나면 느긋하게 어부들 술자리가 끝나기를 기다렸다.

외메르가 뒤뚱거리며 어부들을 향해 걸어오고 있었다. 외메르는 그들 곁에 오더니 자기 볼을 가리켰다. 자기 양 볼에 도장을 찍고 온 것이었다. 이번에도 자기가 공무원이라도 되는 것처럼 행동했다. 누가 줬는지는 몰라도 외메르는 호루라기를 꺼내서 불었다.

"나쁜 짓 하지 마. 당신들 전부 감옥에 넣어버릴 거야."

모두 한목소리로 대답했다. "안 하겠습니다, 외메르 대장님."

외메르는 한 번 더 호루라기를 불었다.

"허튼짓하지 마, 지켜볼 테니까." 외메르는 어부들에게 엄포를 놓은 다음, 호루라기를 불며 자리를 떴다. 겁줄 누군가를 다시 찾아 나섰다.

무스타파의 친구인 치로즈는 허리가 잘록한 유리 찻잔에 절반 정도 라크를 따랐고, 그 잔에 물을 섞은 다음 무스타파에게 건넸다. 무스타파가 첫 모금을 들이키자, 치로즈가 말했다. "수고했어. 고생 많았어. 이젠 우리 모두 바다를 샅샅이 훑고 있어. 누구한테든 일어날 수 있는 일이야. 해안경비대가 시신을 수백 구나 인양했는데도 아직 더 있다나 봐. 엊그저께 코쉬Koş로 갈 일이 있었거든. 요트 선착장 부근에 공원이 하나 있잖아. 거기에 수백 명이나 되는 난민을 모아 두고 있더라고. 그 사람들은 죽지 않고 살아남은 사람들인가 봐. 그렇게 난민들을 그곳에 대기시켰다가 난민수용소로 데려간다더군. 난민

수용소도 상황이 좋지 않대. 알라신께서 굽어살피소서[15], 그래도 우리는 좋은 나라에 사는 거니 다들 감사하자고. 욕심만 안 부리면 그래도 먹고 살 수는 있잖아. 무슨 일이 있기에 죽을 각오로 여기로 오는 걸까? 아기를 데리고 고무보트에 탄 사람도 있다고 하더라고, 세상에나."

말더듬이 휴세인이 대화에 끼어들고 싶어 안달 나 있었다. "에에에 아-아-아기 아-아이-아이-아일란"이라고 말을 더듬자—아마도 휴세인은 모두를 슬픔에 빠트렸던 규뮤쉬룩^{Gümüşlük} 해변에서 시신로 발견된 아기 아일란에 대해 이야기하려는 모양이었다—참다못한 아이쿳이 그의 말에 끼어들었다. "아기 시신이 떠내려온 거 말하는 거잖아." 말더듬이 휴세인은 짜증난다는 표정으로 아이쿳을 보더니 고개를 가로저으면서 라크를 한 모금 들이켰다.

무스타파의 얼굴에는 오랫동안 친구들이 볼 수 없었던 행복한 표정이 자리하고 있었다. 식욕이라고는 없던 그가 게걸스럽게 생선을 먹고, 거칠기만 했던 그가 친구들과 대화를 나누며 라크를 마셨다. 무표정이던 그가 미소까지 지으면서…. 어부들은 '이 친구 무슨 일이야?'라며 서로 눈짓을 교환했다.

깊은 바다의 코발트색이 해변에 가까워질수록 청록색을 띠다가 육지와 맞닿으면서 하늘색으로, 그리고 새하얀 물거품으로 변했다. 이날 저녁은 바다가 그 요염한 자태를 드러내는 그런 날 중 하루였

---

15   역주-Allah korusun, 나쁜 상황을 맞이하지 않도록 해달라는 의미의 짧은 기도문이자 관용적 표현

다. 칼림노스 섬[16] 뒤로 석양은 빠르게 자취를 감추고 있었다. 생선이 다 요리되자 그제야 근처 풀밭에서 풍겨오는 재스민, 펠라르고늄, 월귤나무 향이 느껴졌다. 잠시 뒤 무스타파의 흥을 깨는 대화가 친구들 사이에서 오갔다. 어부들 대화 주제는 다시 난민들로 바뀌었다. 누가 먼저 말을 꺼내 그 이야기를 시작했는지, 또 누가 이야기를 받아서 이어나갔는지 무스타파는 다 기억하지는 못했다. 하지만 해안경비대 경비정이 바다에서 다른 시신들을 인양했다는 이야기였다. 사실, 전에도 이런 사건들에 관한 이야기를 들은 적이 있던 터라 무스타파는 무관심하게 가만히 듣고만 있었다. 말더듬이 후세인이 한 마디 한 마디 어렵게 입 밖으로 내뱉으며, 세 명의 생존자가 구조됐다는 이야기를 했다. 이후 상황에 대해서는 다른 친구들이 이야기를 이어갔다. 생존자는 남자 두 명에, 여자 한 명이었다. 남자 한 명은 바위섬에서 사망 직전에 발견됐고, 나머지 여자 한 명과 남자 한 명은 조류에 휩쓸린 바람에 꽤 멀리 떨어진 작은 섬에서 발견됐다고 했다. 모두 병원으로 옮겨졌고, 생명이 위독한 상태라고 했다.

무스타파는 올 때처럼 갈 때도 아무도 예상치 못한 순간에 자리를 떠났다. "자, 친구들. 나 먼저 갈게."

무스타파가 그 정도 같이 있었던 것만으로도 어부들은 만족했다. 어부들은 그에게 잘 가라고 인사말을 건넸다. 그리고 생선을 담은 봉지를 들고 멀어져가는 무스타파의 등 뒤에서 한참 동안 그에 관한 이야기를 주고받았다. 치로즈는 무스타파의 그런 행동이 다른 친구들

---

16   역주-튀르키예 에게(Ege)해 지방 도시 보드룸(Bodrum) 서쪽에 있는 그리스의 섬

을 무시해서가 아니라, 자기 고민을 혼자서 해결하려고 하는 성향 때문이라고 오래전부터 무스타파를 대신해서 해명하곤 했었다. 이제는 다들 치로즈의 말을 믿는 것 같았다. 무스타파의 그런 행동 때문에 친구들이 화내던 건 옛이야기가 되었다. 어부들은 무슨 바람이 불어서 무스타파가 오늘 자신들과 어울렸는지 의아해했다. 비록 잠깐이었지만 친구들과 어울려보려는 무스타파의 시도는 술 한잔에 느긋해진 어부들에게 좋은 인상을 남겼다.

무스타파는 호기심에 찬 눈으로 자신과 아내를 바라보고 있는 아기를 품에 안았다. 그는 아기를 가볍게 흔들면서 오늘 친구들에게서 들었던 이야기들을 아내에게 했다. 아내는 몇 년 만에 약간 취기가 도는 모습으로 늦게 귀가한 남편을 보고 내심 기뻤다. '좀처럼 입도 열지 않던 사람이 드디어 본 모습으로 돌아왔네.' 아내는 마음속으로 감사했다. 모든 마을 남자가 오늘처럼 모여 술 마시며 이야기를 나눴다. 하지만 자기 남편만은 문밖을 나가지 않았고, 올빼미처럼 집에만 있었다. 아내는 남편이 하는 이야기를 듣고 있었지만, 그가 걱정하고 있는 것에 대해서는 생각이 달랐다.

"구조되었다니 잘된 일이네. 그 사람들이 뭐라고 하겠어. 구조된 사람들에게 물어본다고 쳐. 대답이라고 해봐야 아기가 있었다는 것이겠지. 그 큰 바다에서 그렇게나 많은 사람이 실종됐는데, 아기가 살았다고 생각하겠냐고. 아기도 실종자에 포함됐겠지. 그러니까 당신도 그런 거 고민하지 마." 메수데는 남편이 하는 말에 크게 귀 기울이지 않았다. 그녀의 걱정은 여전했다. "중요한 건 아기를 어떻게 할 건지잖아. 그거나 생각해봐." 메수데가 말했다. "아니면 생각하지도 말고 데려다주던가. 이 손바닥만 한 곳에서 아기를 몰래 어떻게 키우겠다고. 어떻게 숨길 거야? 오늘내일 모두가 알게 될 텐데."

무스타파는 늘 아내를 현명한 여자라고 생각했고 그녀의 말을 존중했기에, 그 말에도 "맞아."라고 대답했다. "비밀로 하면서 숨겨서 키울 수는 없지. 내가 고민해보고 방법을 찾을게. 걱정하지 마."

그날 밤, 무스타파는 오랫동안 느껴보지 못했던 감정으로 아내와 잠자리를 가졌다. 무스타파는 아내의 옷을 벗겼다. 한때는 삶의 근본 목적이었고, 그가 살아갈 수 있게 해준 마성의 묘약이었지만, 이제는 거의 잊고 있었던 탄력 있는 그녀의 육체와 옛날처럼 사랑을 나눴다. 아내는 약간은 당황스러웠다. 하지만 서른 살의 육체는 억누를 수 없는 욕정으로 그리워하던 남자의 향기를 들이켰다. 그녀는 몇 년 만에 죄의식 없이 사랑을 나누었고, 남편의 애무에 거리낌 없이 반응했다.

그리고 아무 말 없이 부부는 나란히 누웠다. 할 말이 없었다. 아기는 데니즈의 요람에서 자고 있었다. 서로 맞닿아있는 나체가 주는 안정감을 느끼며 부부는 눈을 뜬 채 아무 말 없이 누워있었다. 아기에게서 작은 소리가 났다. 우는 것도, 한숨을 쉬는 것도 아닌 분명치 않은 소리였다. 메수데는 바로 일어나 아기를 품에 안고 부엌으로 갔다. 그녀가 다시 방으로 돌아왔을 때, 무스타파는 아기를 받아 품에 안았고, 젖병을 입에 물렸다. 그는 힘이 들어간 입술로 젖병을 힘차게 빨고 있는 아기를 바라봤다. 그리고 아기를 들어 올려 목에서 나는 젖내를 맡았다.

"너무 그렇게 정 주지 마, 무스타파. 아기를 데려가버리면 어쩌려고 그래. 아, 잠시만." 메수데는 갑자기 기억난 듯, 내일 친구 두 명이 차 마시러 집에 온다는 말을 했다. 어떻게 해야 할지 그녀는 난감해했다. '오지 말라고 할 수도 없는 일이고, 온다면 아기를 어떻게 해야 하나? 침실에 숨긴다고 해도, 아기가 울기라도 하면 뭐라고 설명을 하지?' 결국, 메수데는 "무스타파 안 되겠어. 당신 마음이 몹시 아플 거라는 거 잘 알아. 하지만, 아기를 내일 치안군에 넘겨주자. 먼저 바다로 나갔다가 이번에는 아기를 발견했다고 하고 데려가면 되잖아. 안 그러면 아기도 빼앗길 테고, 우리도 정말 큰일 날 수 있어."라고 했다.

무스타파는 아무 말도 하지 않았지만, '그렇게는 할 수 없지.'라고 생각하고 있었다. "방법을 찾을게. 반드시 찾아야만 해."

다음날 무스타파는 바다에서 서둘러 돌아왔다. 침실에서 아기와 함께 있었고, 아기 옆에 누웠다. 품에 안아서 재우고, 젖병으로 우유를 먹였다. 그리고 기저귀도 갈아줬다. 저녁 무렵 집에 놀러 온 아내의 친구들은 무스타파를 보지 못했다. 다만, "다아아아."라고 내는 아기 소리가 한 번 침실 밖으로 새어나갔다. 무스타파는 바로 젖병을 아기 입에 물렸다. 거실에 있던 사람들도 그 소리를 들었다. 메수데는 웃으며 둘러댔다. "고양이야. 다친 것 같아서 다리에 붕대를 감아줬거든. 방에 있어." 친구들은 놀라며, "세상에. 무슨 고양이가 아기 소리를 내냐."라는 반응을 보였다. 그리고 "고양이는 그렇다더라."라며 고양이가 아기 소리를 낸다는 이야기를 했다.

그날은 그렇게 무사히 넘어갔다. 하지만 다음날 무스타파가 고기잡이를 나간 사이, 현관문을 두드리는 소리에 아기를 숨기고 현관문을 연 메수데는 치안군이 문 앞에 서있는 걸 보고 기절할 뻔했다. "무스타파 씨, 집에 있습니까?" 치안군이 물었다. "아니요. 고기잡이 나갔어요." 치안군은 더는 질문하지 않았다. 사실 이 시간에 집에 없을 거라는 걸 그들도 알고 있었다. 치안군은 소환장을 내밀었다. 그들은 메수데의 서명을 받고는, "최대한 빨리 오셔야 할 겁니다. 진술하지 않은 게 있어서요."라고 했다.

무스타파와 메수데의 가족도 마을에 정착한 대다수 가족처럼 크레타섬에서 이주해 온 이주민들이었다. 크레타 사람들은 산과 고원에서 자라는 수많은 동식물에 대해 해박한 지식을 갖고 있었다. 그들은 식용 풀과 버섯, 허브 등을 제 시기에 수확했고, 엉겅퀴, 갓, 회향, 곰보버섯, 냉이, 서양톱풀과 같이 사람들이 잘 알지 못하는 식물들로 요리를 했다. 여기에 백리향과 안개꽃, 샐비어, 민트 같은 허브로 맛을 더했다. 과즙이 풍부한 레몬과 귤 그리고 올리브유는 집마다 마당에서 키웠다.

관광객의 발길이 닿지 않던 시절, 그러니까 험준한 산세 때문에 올리브유와 수세미, 포도주 등을 노새로 겨우 운반이 가능했던 시절이 있었다. 추위에 떨지 않아도 되는 그저 쌀쌀한 정도의 겨울밤이면, 옛날 어른들은 화목 난로 앞에서 재미난 이야기나 동화를 들려주곤 했었다. 인질리프나르^{İncilipınar}에서 물 먹으러 온 소가 어떻게 벼랑 끝에서 아래로 추락했는지, 카라오바^{Karaova}에서 열린 결혼식 피로연에서 무라트가 매형을 어떻게 총으로 쐈는지, 강제 교환 이주로 인해 그리스로 추방당한 그리스계 스트라브로스 가족이 키우던 고양이가 빈집 앞에서 몇 달 동안 얼마나 울었는지, 바람이 부는 날이면 교회의 종이 어떻게 울렸고, 그 시절에는 바다가 얼마나 풍요했던지 바로 앞에 있는 작은 무인도까지 물고기를 밟고 건너갈 수 있었다는 등의 이야기들이었다. 해변 갯바위에 올려둔 소금이 다음날이면 완전히 바싹 말랐고, 어른들이 쳐둔 그물에 전쟁 때 설치한 기뢰가 걸려 나오면, 치안군들이 그걸 어떻게 폭파했는지 같은 이야기도 있었다. 밤이면 이교도들의 무덤에서 들려오는 괴상한 소리는 그곳에 버려진 젊은 그리스 병사가 내는 소리라고 했던가? 물론 그런 이야기 중에는 어느 집안의 끝없는 유산상속 싸움 이야기도 있었다. 누구의 재산이 누구한테 상속됐고, 지분이 어떻게 나뉘었으며, 어느 삼촌이 어느 조카의 재산을 날렸는지, 누가 법정 소송까지 갔었는지에 관한 이야기들이었다. 어른들은 산에서 따 온 샐비어꽃 차를 마시며 그런 이야기들을 했다. 하지만 절대 잊을 수 없는 이야기가 하나 있었다. 어른들이 실제로 목격했다고 하는 군함에 관한 내용이었다. 이 이야기는 지금까지도 환상이었는지, 진짜였는지, 아니면 전설인지, 누군가의 눈속임인지, 요술을 부린 것인지 의견이 분분하다. 마을에서 누구도 지금까지 자신 있게 사실이라고 이야기하지 못했던, 정말 믿기 힘든 유일한 사건이 바로 그것이었다.

어느 날 아침, 마을 근처 협만에서 당시 '토스투예르'[17]라고 불렸던 거대한 구축함이 발견되었다고 한다. 그 배의 진짜 이름은 한참 세월이 지난 뒤에나 알게 되었다. 마을 사람들은 환영을 보고 있는 줄 알고 자신들의 눈을 의심했던 모양이었다. 무스타파의 할아버지가 젊었을 때인, 그러니까 2차 세계대전이 한창이던 때 일어난 일이었다. 튀르키예는 다행스럽게도 2차 세계대전에 참전하지 않았다. 하지만 독일 전투기의 폭격과 이탈리아 군함의 함포사격 때문에 마을에서 얼마 떨어져 있지 않은 그리스 섬은 주황색 화염으로 뒤덮여 지옥이나 다름없었다. 독일과 이탈리아가 동맹이었고, 영국과 그리스가 다른 한 편에 속해있었다. 마을 사람들은 폭발 소리 때문에 밤잠을 설쳤다. 폭격기가 날아가는 소리가 너무 가까이서 들리는 바람에 실수로 우리 마을을 폭격할까 봐 마을 사람들은 가슴을 졸였다.

'도스투예르'는 아주 큰 군함이었는데, 기이하게도 배 절반이 사라지고 없었다. 두 동강이 난 배는 함수가 없어지고 함미 쪽만 절반이 남아있었다. "세상에! 어떡해. 제발 큰일은 없었어야 할 텐데." 반쪽만 남은 군함을 본 사람들은 기도했다. 그날 아침, 마을 사람들은 예배에도 참석하지 않았다. 마을 성직자도 마을 사람들과 함께 해변으로 나왔고, 도무지 믿기지 않는 동강난 군함을 보고 소스라치게 놀랐다. "나머지는 어디로 갔지? 침몰한 거야?" 사람들은 배의 나머지 반쪽을 찾아봤지만, 흔적도 찾을 수 없었다.

반쪽만 남은 군함 갑판에는 장병들이 손을 흔들며 소리치고 있었

17　역주-Dostuyer, 구축함(destroyer)의 오래된 터키식 발음

다. 그 목소리가 이따금 해변까지 닿기도 했다. 그리스어를 기억하고 있는 마을 노인들이 그들의 말을 통역했다. 그들의 희미한 기억 속에 남아 있던 말들. 마을 노인들은 그리스인들이 본토로 강제 송환되기 전까지 그리스인 이웃들에 둘러싸여 자랐다. 함께 고기잡이 나가고 같이 놀았던 야니, 바실리 그리고 마리아로부터 배운 그리스어를 기억하고 있었다. 노인들은 아주 오래전 어린 시절 이후로는 입 밖으로 내뱉어 본 적이 없던 그리스어 단어들을 간신히 기억해 내 마을 주민들에게 통역해 주었다. 엔닥시, 흐로냐 볼라, 아쿠스, 리폰…. 그리스 아이들과 놀다가 싸우기라도 하면, 그리스 아이들은 손가락으로 십자가를, 자신들은 반달 모양을 만들곤 했었다. 그런 희미한 기억들이 노인들의 머릿속을 스쳐 지나갔다. 해가 넘어가면 해변에서 놀던 아이들에게 그리스 집에서는 "야니이-이-이.", 자신들의 집에서는 "메흐메-엣, 르자-아-아."라고 엄마들이 부르던 그때로 노인들의 기억은 거슬러 올라갔다.

그리스인 이웃들은 마을 앞바다, 들판, 수백 년을 사는 올리브나무처럼 마을과 떼려야 뗄 수 없는 존재들이었다. 마을을 떠나 다른 곳에 가보지도 못했을뿐더러 알지도 못하는 사람들이었다. 그런 그들을 어느 날 아침에 치안군들이 집합시켜 배에 태웠다. 그리고 낯설고 말도 잘 통하지 않는 그리스로 보내버린 것이었다. 누가 이런 어처구니없는 일에 대해 말한다면 과연 믿을 수 있을까. 하지만 사실이었다. 대를 이어 살아왔던 돌집과 살림살이들 그리고 몇 세대를 걸쳐 잉태의 순간부터 생을 마감할 때까지 써왔던 침대도 두고 가야 했다. 울고 있던 고양이들, 자신들의 밭, 고기잡이배, 홋줄, 그물, 닻까지도.

강제이주로 그 모든 것들과 영원히 작별했다. 아침에 용이 그 모습을 드러내듯 좁은 협만에 나타났던, 반 토막 난 군함에서 들려오던 그리스어 외침은 말라있던 노인들의 눈물샘을 자극했다. 강제이주를 당한 친구들이 생각나서라기보다는 얼마나 오래전 일이었는지 자각한 뒤 오는 세월의 허망함 때문이 아니었을까.

오랜 세월이 흐른 뒤, 무스타파는 이 동화 같은 이야기가 사실인지 확인하기 위해 어부들을 교육하기 위해 매달 마을을 찾았던 대학교수에게 물었다. "예, 맞습니다. 1943년 2차 세계대전이 한창일 당시, 아드리아스Adrias라는 영국에서 건조한 전장 85미터의 그리스 구축함이 독일 기뢰와 충돌했습니다. 배는 정확하게 반으로 쪼개졌고, 함수 부분은 침몰했습니다. 배의 절반이 사라진 겁니다. 하지만 엔진은 무사했습니다. 그리스군 장병 21명이 사망하고, 나머지는 부상을 입었지요. 그리스군 함장이 어떻게 했는지 알 수 없지만, 기적을 만들어냈습니다. 별을 보며 방향을 잡고, 적 항공기에 포착되지 않게 반쪽만 남은 배로 밤에만 운항해서 당시 중립국이었던 튀르키예 해안까지 이동하는 데 성공한 겁니다. 배가 발견되었던 협만은 낮에도 멀쩡한 배가 들어가기 힘든 그런 곳이었습니다. 그런데 그 함장은 기적을 만들어낸 것이지요. 이 마을 어른들이 그 배에 올라갔었다고 하더군요. 어른들 대부분은 그리스어를 할 수 있었다죠. 마을 사람들은 전화로 이 사실을 관청에 알렸습니다. 먼저 부상자들을 육지로 옮긴 다음 보드룸Bodrum에 위장한 채로 정박해 있던 영국 병원선으로 이송했다고 합니다. 터키군은 독일군에게 발각되지 않게 야간에 불을 밝히지 않은 상륙정을 이용해 환자들을 병원선으로 옮겼다고 합니다. 병원선은 천막으로 배 위를 덮어 독일 전투기들의 감시를 피했다고 하더군요.

이 마을에 있는 알리 하사의 카페가 상황실이자 외교 협상장이 됐습니다. 튀르키예 정부 관계자들과 영국 영사들이 그곳에 다 모여 있었다고 해요. 튀르키예 정부는 24시간 이내에 튀르키예 영해를 떠날 것을 명령했지만, 배가 떠날 수 있는 상황이 아니었지요. 침몰하기 직전이었으니까요. 여기서 영국이 개입합니다. 반쪽만 남은 군함은 6개월 정도 더 머물게 됩니다. 우선 사망한 군인들을 마을 외곽에 있는 이교도 묘지에 매장했습니다. 장례식을 치르고 묘지에는 십자가를 꽂았어요. 툼바스 함장은 전쟁이 끝나면 다시 돌아와 그들이 모국에 묻힐 수 있도록 이장하겠다고 약속했답니다.

그러는 동안 마을 사람들은 살아남은 병사들을 먹여주고, 잠자리를 제공했습니다. 배는 위장을 했기 때문에 안전했습니다. 그리고 부분적으로 수리를 했습니다. 두 동강이 난 구축함의 절단된 부분은 방수 천막과 목재로 덮었어요. 12월 초순 어느 날 밤, 마을 사람들과 작별인사를 한 함장은 다시 항해를 시작합니다. 낮에는 섬의 그늘진 곳에 숨었다가 밤에 이동하는 식이었습니다. 닻이 없었기 때문에 배를 갯바위에 묶어 고정했어요. 그렇게 이동을 해서 그 배는 이집트의 알렉산드리아 항에 도착하는 데 성공했습니다. 알렉산드리아에서는 성대한 환영식이 열렸다고 합니다. 툼바스 함장은 나중에 훈장을 받고 제독으로 진급까지 했습니다.”

대화에 끼어드는 걸 좋아하는 말더듬이 휴세인이 물었다. “그그 그 그러면 그 무무무덤은 어어어떻게 돼됐나요?"

"그 사람들이 약속한 대로 됐습니다." 염소수염을 기른 교수가 답했다. "전쟁이 끝나자 그들은 다시 이곳을 찾아와서 군대 의식에 따라 묘에서 시신을 꺼내 배로 옮겼고, 그리스로 이송했습니다."

'사실이었나 보네.' 어부들은 생각했다. '할아버지, 할머니들이 이 이야기를 지어낸 게 아니었구나.' 하지만, 구축함의 절반이 마을 앞 바다에 가라앉아 있다는 건 상상이 되지 않았다.

이렇게 해서 매일 밤 묘지에서 비명을 지른다는 군인에 관한 전설도 설명된 셈이었다. 아마도 그리스군이 묘지에서 시신을 수습할 때 한 병사의 시신을 두고 간 모양이었다. 불쌍한 그 병사는 전우들이 다 가버리고 없는 이슬람 땅에 홀로 버려져 매일 밤 울었던 것이었다. 이 불쌍한 병사를 위해 기도해주는 사람은 없었다. 독실한 무슬림 몇몇은 이제부터 바람 부는 밤에 그 병사의 절규가 들리면, 병사의 영혼을 위해서 기도해야겠다고 생각했다. 종교는 다르지만, 그도 신의 말씀을 믿었던 사람이 아닌가? 지금은 돌보지 않아 반쯤 폐허가 되어버린 그리스 정교회 예배당에서 무슬림들도 초를 밝히고 성모 마리아에게 기도했다는 이야기를 어른들한테서 들어보지 않았던가? 더위에 노랗게 말라버린 잡초들과 선인장으로 뒤덮인 오솔길을 지나면 후광 속에 있는 성모 마리아 성화가 있는 교회가 나왔다. 마을 꼬마들은 아무 생각 없이 교회로 들어갔다가 어둠 속에서 타고 있는 수십 개의 촛불 그리고 들려오는 찬송가의 신비로움을 마주하고 넋이 나갔던 적이 있었다. 그리스계 이웃들이 성 바실리우스 기념일[18]에 바실로피타 케이크를 들고 집에 오면 터키계 이웃들은 '에프하리스토, 흐로냐 볼라[19]'라며 그리스어로 새해 인사를 하는 풍습도 있지 않았나? 어떻게 이런 풍습들이 다 사라졌을까? 다른 곳에서 벌어진 전쟁 때문에 자신들의 마을도 산산조각이 나버린 것이다. 그렇지만 매년 8월 15일 밤이면 누구도 그날이라고 상기시킬 필요가 없었다. 마을 사람들뿐만 아니라, 산속 마을에서 내려온 사람들도 아무 거리낌 없이 성스러운 의식을 치르듯 바다에 들어갔다. 그리고 그건 분명 그리스 정교 의식에서 비롯된 것이었다. 낚시하려고 무스타파의 배에 탔던 관광객 중 한 명이 바로 그날이 성모 마리아의 승천일이라고 했다. 무스타파는 처음엔 혼란스러웠지만, '그래, 우리의 선지자 모하메드 승천일과 비슷한 날이겠지.'라고 생각했다. '우리 선지자가 승천하셨듯이 성모 마리아도 그렇게 하늘로 올라가신 걸 거야.'

어부들은 교수에게서 물고기에 대해서만이 아니라, 다른 많은 것에 관해서도 배웠다. 하루는 어부들이 역시나 어른들에게서 들었던 어떤 사람에 관해 교수에게 물어봤다. "그 사람은 자신을 '어부'라고 불러 달라고 했지만, 어부는 아니었다고 하더라고요. 교수였나 봐요. 오스만 제국의 유명한 장군의 아들로 이스탄불에서 태어났다지요. 사람들이 말하기로는 장군이었던 아버지를 죽였고, 감옥에 갇혔었다고 하더군요. 그리고 인적 없던 보드룸에서 유배 생활을 했다고 했어

---

18   역주-매년 1월 2일 초대 교회의 성인인 대 바실리우스 주교를 기리는 기념일

19   역주-그리스어로 '고맙습니다. 새해 복 많이 받으세요!'

요. 어떤 이들은 공산주의 활동 때문에 유배를 당했다고 했고요. 배운 사람이고 유학도 다녀왔고. 국회의원 비슷한 사람이었다고 하던데. 우리 할아버지들에게 많은 걸 가르쳐주셨나 봐요."

"그렇습니다. 그런 분이 계셨지요. 아는 게 많은 분이셨습니다. 걸어 다니는 도서관이라고나 해야 할까요. 평생 책을 쓰셨고, 여러 외국어를 구사할 수 있었던 명망 있는 분이었습니다. 이곳에도 많은 도움을 주신 분이지요. 저기 밭에 있는 귤나무 있잖아요. 그게 전부 그분 덕입니다. 저 멀리 브라질에서 씨앗을 가져와서 이곳에 없던 나무를 키워내신 거죠. 그분의 공이 큽니다."

어부들은 "알라신의 은총과 함께 고이 잠드시길."이라며 기도했다.

"재미난 이야기가 하나 더 있는데, 영묘에 관한 겁니다. 영묘는 알고 계시죠? 보드룸에 가보시면 안내 표지판이 세워져 있는, 오래된 석재 유적이 있잖습니까."라고 교수가 물었다.

"예, 당연히 알지요." 어부들은 대답했다.

교수는 계속 말을 이어갔다.

"아주 오래전 이 땅의 왕이었던 마우솔로스^{Mausolus}의 영묘 자리입니다. 하지만 영국이 영묘를 약탈해 가서 지금은 박물관 내에 안치해 두고 있습니다. 좀 전에 말씀드린 그분이 영국 여왕에게 편지를 썼다나 봐요. 영묘는 보드룸의 푸른 하늘 아래에 두기 위해 건설된 것이지, 런던의 안개와 비가 오는 날씨에는 맞지 않는다고 말이지요. 6개월 뒤에 영국의 박물관장이 편지를 보내왔는데 영묘가 있는 자리의 천장을 파란색으로 칠했으니 걱정하지 말라고 했다지 뭡니까."

유수프는 "저런, 저런. 영국 놈들 좀 봐. 아주 똑똑해, 아주. 그런데 우리 할아버지는 항상 영국 놈들은 기만적인 놈들이라고 하셨어. 할아버지는 놈들이 1차 세계대전 때 우리 뒤통수를 쳤다고 하시더 군."이라고 했다.

유수프의 그 말과 함께, 끝날 줄 모르던 영국에 대한 노인들의 논쟁이 어부들 기억 속에서 되살아났다. 어떤 할아버지들은 목을 매달 아도 영국산 밧줄로 매달아야 한다고 영국 사람들을 치켜세웠고, 다른 할아버지들은 아랍민족을 선동해서 우리 뒤통수를 친 게 영국이 라며 영국은 배신자라고 했었다.

누가 유수프의 말을 받았다. "마지막 술탄도 영국 배를 타고 이스 탄불에서 도망쳤잖아." 이 말에 부사관 출신인 케말이 크게 화를 냈다. 흥분해 자리에서 벌떡 일어나더니 붉게 상기된 얼굴로 소리쳤다. "닥쳐! 천벌 받을 소리 하지 마! 높으신 황제이자 칼리프께서 영국 놈들 배에 타다니! 그리고 도망간 게 아니야. 새로 들어선 정부가 지어낸 것이지."

영국을 두고 이렇게 시작된 논쟁은 다음 날 아침까지 이어질 때도 있었다.

관광객으로 많이 오는 영국 젊은이들이 마을에 크게 해가 되지는 않았지만, 한밤중에 시끄럽게 떠드는 통에 마을 사람들이 불편한 건 사실이었다. 하지만 관광하러 와서 마을에 많은 돈을 쓰고 가니 누구도 싫은 소리를 하지 않았다. 낮이면 영국 젊은이들은 파도타기를 하거나 바다에서 놀았지만, 밤이 되면 꼭 술에 취해 인사불성이 되었다. 술집 주인들은 영국 젊은이들을 좋아했다. 젊은 여자들은 검은색 매니큐어와 루즈를 즐겨 발랐다. 그런 행색으로 밤중에 눈앞에 나타나기라도 하면 마을 사람들은 귀신인 줄 알고 놀라서 기절할 정도였다.

교수는 어부들에게 말했다. "잊지 마세요. 여러분들은 역사적으로 세계에서 가장 중요한 문명 유적지 중 한 곳에서 살고 계시는 겁니다. 지반 공사를 하려고 땅을 파면 글이 새겨진 돌이나 대리석, 모자이크 등이 나오잖습니까? 그것들은 정말로 귀한 보물입니다. 부수지 마시고, 다시 덮지도 마세요. 공사 자재로 사용해서도 안 됩니다. 나라에 알리세요. 알렉산더 대왕도 이 근처에서 겨울을 보낸 적이 있는 그런 곳에 살고 계시는 겁니다."

누군가가 물었다. "축구선수인가요, 그 사람이?" 옛날에는 축구선수 중에 이름이 같은 선수가 있으면 대, 소로 구분했다. 트라브존스포르에서 활약했던 대 알렉산더처럼.

교수는 웃으며 말했다. "아니, 아니요. 아주 오래전에 살았던 위대한 지휘관입니다. 군대를 데리고 와서 여기서 겨울을 보냈지요."라고 했다.

어부들은 이런 지식이 자신들에게 무슨 도움이 되는지 몰랐다. "그래요. 잘했네요. 여기 겨울은 포근하니까요."

무스타파는 무더위에 익숙했다. 하지만 8월의 그날, 무스타파는 계속 땀을 쏟아내고 있었다. 냉장고 같은 검사실에서조차도 그는 구슬땀을 흘렸다. 면 손수건을 꺼내 계속 이마를 닦으며 생각했다. '메수데가 주머니에 잘 넣어줬네.' 그런 수상쩍은 행동을 검사가 눈치를 채고 있다는 걸 알았지만 어쩔 수 없었다. 젊은 검사는 말했다. "고무보트가 침몰하기 전에 한 여성이 자신의 아기를 조그만 어린이용 보트에 묶어서 바다에 띄우는 걸 본 사람들이 있어요." 혹시 이런 걸 본 적이 있냐는 검사의 질문에, 무스타파는 '예'라고 대답하지 않으려고 안간힘을 다했다. 어쩌면 사실을 말하고 아기를 넘겨주는 것이 가장 쉬운 길일지도 몰랐다. 병원에 있다는 여자가 아기의 진짜 엄마일지도 모르는 일이었다. 그렇다면 얼굴도 본 적 없는 그 가련한 난민 여자의 아기를 집에 둘 수는 없는 일이었다.

검사는 자기 앞에 있는 파일을 훑어보고는, 난민 세 명이 병원에 있다고 했다. 그중 아프가니스탄인으로 밝혀진 여자는 아직 혼수상태에서 깨어나지 못하고 있다고 했다. 구조된 사람 중 한 명이 진술하다가 아기에 관한 말을 했다고 덧붙였다.

"그 사람이 고무보트가 침몰하기 직전에 아프가니스탄 여자가 울면서 아기를 바다에 띄워 보내는 걸 직접 봤다고 했어요. 해안경비대는 사망 또는 생존한 아기나 어린이용 보트를 발견하지 못했고요. 그래서 지금 물어보는 겁니다. 조그만 빨간색 보트를 보셨습니까?"

무스타파는 '예'라고 대답하고 싶은 마음이 더 컸다. 그리고 하마터면 그렇게 말할 뻔했다. 하지만, 그렇게 말하지 않았다. 아기를 며칠 동안 데리고 있었고, 불법을 저질렀다고 어떻게 말한단 말인가? 솔직히 대답하면, 자신뿐만 아니라 메수데도 죄인이 되는데. 아기 엄마가 사망했다고 해도 아기를 보육원에 보내는 건 정말 내키지 않았다. '안 돼, 절대. 다른 건 다 참아도 손바닥만 한 애를 보육원에 보낼 수는 없어.'

"아니요, 검사님. 그런 건 전혀 못 봤습니다. 다음에 바다에 나가면 주의해서 살펴보겠습니다." '무슨 이런 이상한 대답이 다 있어!' 무스타파는 너무 긴장했다. 그는 당황해하며 손수건으로 목덜미를 닦았다.

검사는 무스타파의 진술을 서기에게 기록하게 했다. 무스타파는 자신의 진술서에 서명한 뒤 검사실에서 나왔다. 법원 밖으로 나왔을 때 무스타파는 땀을 줄줄 흘리고 있었다. 작열하는 태양은 그를 더 혼란스럽게 만들었다. 강렬한 태양빛은 그늘을 더욱 짙게 만들었다. 무스타파는 간이매점에서 탄산수를 샀고 한 번에 들이켰다. 그는 차가운 탄산수병을 이마와 뒷목에 갖다 댔지만, 흐르는 땀을 막을 수는 없었다.

무스타파는 그렇게 힘든 하루를 보냈다. 그날 저녁, 무스타파와 메수데는 집에서 머리를 맞대고 앞으로 어떻게 할지에 대해 조용히 이야기를 나눴다. 아기는 요람에서 편안한 모습으로 자고 있었다. 바람이 창을 때리기 시작했다.

"남풍이 부네." 무스타파가 입을 열었다. "남풍이 몰아치네. 내일 물고기들이 정신을 못 차리겠구먼."

메수데는 그의 말을 들은 척도 않고 말했다. "무스타파, 이제 빠져나갈 구멍이 없어. 우리는 죄인이 된 거야. 한시라도 빨리 해결하자. 농담이 아니야."

무스타파는 메수데에게 물었다. "어떻게 할까?" 그는 어쩌지도 못하는 상황에서 피곤함까지 겹쳐 녹초가 돼 있었다. 손에 든 찻잔마저도 자신의 입으로 가져가는 걸 잊고 있는 듯 보였다. "어떻게 했으면 좋겠어?"

"전에 말했듯이 내일 아기를 배에 태우고 바다로 나가. 돌아올 때 아기를 찾았다고 하면서 데려오면 되잖아. 그리고 아기를 넘겨줘."

무스타파는 다시 "남풍이 꽤 세게 불어 닥칠 것 같네."라고 했다. 완전히 닫혀 있지 않은 창문들이 많이 덜컹거리기 시작했다. 부엌 창문은 바람 때문에 계속 소리를 내며 부딪쳤다.

"당신 내 말을 듣지도 않고 있어."

"듣고 있어…. 그런데 바람이…."

"내일 아기를 데려다주라고."

무스타파가 부엌으로 가서 덜컹거리는 창문을 닫는 동안, 아내는 그의 뒤를 쫓아다녔다.

"내일…."

"내일 뭔 일이 있는데?"

"아기를 넘겨줄 거야, 무스타파!"

"안 돼. 그렇게는 안 돼. 며칠 밤낮을 바다에 있었다는 아이의 상태가 이렇다는 건 말이 안 되잖아. 게다가 배도 불러 있고 깨끗하게 목욕까지 하고 말이야. 어떻게 해? 애를 다시 며칠 굶겨? 얼굴이랑 몸에 때를 묻힐까? 반쯤 죽어가는 상태로 데려갈까? 아냐. 그렇게는 못 해."

그 순간 메수데는 멈칫했고 다시 생각에 잠겼다. "당신 말이 맞아. 내가 당신한테 아기를 처음 데려왔을 때 말했잖아. 데려다주라고. 이건 바른 생각이 아니라고 말했잖아. 내가 말하지 않았어?"

그때 한두 번 마이크를 두드리는 소리 뒤에 마을 전체로 퍼져나가는 저녁 에잔[20] 소리가 들렸다. 두 사람 모두 입을 다물었다. 두 사람 모두 예배에 참석하지는 않아도 종교와 관련된 모든 일에서 그랬던 것처럼, 에잔에 대해서도 예의를 갖췄다. 이건 마을의 불문율 같

---

20 역주-Ezan, 회교 사원에서 하루에 다섯 차례 예배시간을 알리기 위해 낭송하는 기도문

은 것이었다.

여름철 낮시간은 길어 에잔도 늦은 시간에 낭송되었다. 이제 서서히 어둠이 내리고 있었다. 너무나도 천천히 그리고 조용히 밤이 마을에 내려앉는 바람에, 주변이 완전히 어둠에 잠기기 전까지는 밤이 됐는지 깨닫지 못했다. 바다에서 불어오는 더운 바람이 임시변통으로 달아놓은 잘 맞지 않는 창문을 갈수록 더 흔들어대고 있었다.

메수데가 말했다. "나쁜 생각이 자꾸 들어. 어젯밤 꿈에 상어 모습을 한 남자가 문 앞에 서있었어. 바로 저기에서 나를 보고 있더라고."

"상어 모습이라고?"

"그래. 입이 상어 입이었어. 뭔가 나쁜 짓을 하려는 것 같았어."라고 메수데가 대답했다.

"알라신이여, 허락지 마소서." 무스타파는 기도했다.

"그래, 그랬다니까. 나쁜 짓을 할 것 같았어."

남풍이 조금 더 강하게 불어대기 시작했다. 밤이면 먼바다에서 모여 있다가 육지로 쳐들어오는 기마병들처럼 가끔 남풍은 아침까지 마을을 휘젓고 다녔다. 테라스의 포도 넝쿨을 받치고 있는 지지대와 연결된 전선에 매달린 전구가 양옆으로 심하게 흔들리고 있었다. 한번은 이쪽으로 또 한번은 저쪽으로 왔다갔다하는 불빛 때문에 그림자가 춤을 췄다.

울부짖는 듯한 바람 소리 때문에, 무스타파는 당장이라도 나쁜 일이 벌어질 것 같은 불길한 예감이 들었다. '내가 검사 앞에서 무슨 말도 안 되는 소리를 한 거야. 검사를 놀리는 것도 아니고, 다음에 바다로 나가면 주의해서 살펴보겠다고 말하다니. 어린이용 보트에 있는 아기를 발견하면 당장 검사님께 데려오겠다고 했던가? 아니면 하지 않았던가?' 무스타파는 자신이 뭐라고 했는지조차 혼란스러웠다. 어쩌면 곧 치안군이 찾아올지도 모를 일이었다.

"혹시 엄마가 집에 올까 봐 며칠 동안 거짓말을 하고 있다고." "당신 어머니는 나질리에 계시지만, 우리 엄마는 여기 계신단 말이야. 엄마한테 어떻게 오지 말라고 해." 젊은 아내가 소리쳤다.

이번에는 무스타파가 목소리를 높이며 신경질적으로 말했다. "조용히 해. 좀 조용히 하라고."

"그래, 그럼. 그렇게 잘 아니까, 당신이 해결해. 내 이야기는 듣지도 않으니."

"오늘 밤 남풍이 더 심해질 것 같네." 무스타파는 혼잣말을 중얼거렸다.

"제발 배는 무사해야 할 텐데. 내가 잘 묶어두긴 했는데 말이야…."

"당신이랑 무슨 말을 한다고." 메수데는 화를 냈다. "입에 자물쇠를 채우고 있던가, 아니면 이런 헛소리나 해대는데. 뭘 하든 당신 마음대로 해. 나랑 뭔 상관이람!"

"남풍이 분다고. 배랑 상관있는 걸 말하고 있잖아. 우리 밥벌이를 해주는 배 말이야!"

"우리가 지금 배에 관해 이야기했어?"

"그건 아니지만, 이것도 중요하잖아. 먹고사는 게 달린 건데."

메수데는 무스타파의 턱을 잡고는 자기 쪽으로 얼굴을 돌려세웠다.

"도망치려고 그러잖아. 해결할 수 없는 문제가 생기면 당신은 늘 그랬잖아. 잠을 자든지, 도망가든지.”

“도망 안 가.”

“도망가잖아.”

“도망 안 간다고 했어.”

“냅다 도망치면서.”

“그래. 당신이 날 그렇게 도망가는 놈이라고 하니. 내가 나가야겠군.”

아내는 인상을 쓰며 일어나 방으로 들어가 버렸다. 마음이 상한 것이었다. 무스타파도 현관문을 열고 나가 포도나무 넝쿨 아래에 있는 의자에 앉았다. 무스타파는 밤새도록 잠을 이룰 수 없었다. 그는 아침까지 의자에서 일어나지 않았다. 해결해야 할 문제가 있었다. 아침 동이 트기 전, 포구로 향했고 고기를 잡으러 바다로 나갔다. 바다에서도 고민하면서 계획을 세웠다. 뱀섬 근처까지 가서는 오랫동안 갯바위들을 바라봤다. 바닷물이 빠진 바위들은 짙은 녹색에서 보라색, 보라색에서 붉은색까지 여러 색을 띠고 있었다. 한때, 이 주변에 터를 잡은 물개들 보금자리가 갯바위 바로 아래에 있었다. 하지만 오랫동안 물개를 볼 수 없었다.

물에 잠긴 갯바위 구멍에는 곰치들이 살았는데, 밤이 되면 머리를 구멍에서 내밀곤 했다. 그날 무스타파의 그물에는 역시나 수많은 복어와 쏠배감펭이 잡혔다. ‘아아, 젠장맞을!’ 속으로 중얼거리며 그는 두꺼운 장갑을 꼈다. 복어들을 조심스럽게 잡고 돈이 되는 꼬리만 잘랐다. 쏠배감펭은 독이 있는 가시를 건드리지 않고 어창에 던져 넣었다. ‘이건 저녁에 집에 가져가야겠다.’라고 혼잣말을 했다. ‘메수데가 이 흰살생선을 좋아했지.' 그는 아내에게 함부로 말한 걸 후회하고 있었다. '메수데가 무슨 잘못이 있다고. 아기 때문에 내 성격이 이상해졌나 봐.'

매일 다리미같이 생긴, 모터 달린 커다란 요트들이 무스타파 배 옆을 지나다녔다. 작은 고깃배는 그 배들이 지나갈 때마다 크게 흔들렸다. 요트들의 몸집은 해가 갈수록 커졌다. 칠팔십 미터에 달하는 요트들도 있었다. 그런 요트들은 빠른 속도로 바다를 가르고 지나다니면서 바닷물을 뒤집어 놓았다. 어떤 사람들은 부끄러운 줄도 모르고 요트의 오물을 바다로 뿜어댔다. 무스타파는 그런 일에 적응이 됐지만, 그날따라 화가 치밀었다. 그는 배에서 일어나 요트를 향해 고함을 질렀다.

돌아오는 길에 푸른 바다를 둘러봤다. '아, 지금 저쯤에서 어린이용 고무보트가 보인다면! 그 안에 아기가 있다면, 햇볕에 그을린 데다 굶주렸어도 살아 있다면, 그 아기를 데리고 곧바로 검사한테 갈 수 있다면.' 물론 그런 일이 일어날 일은 없었다. '어떻게 이 사태를 수습하지? 사실 해결 방법이 하나 있기는 했지만, 메수데에게 그걸 어떻게 설명해야 하나?'

무스타파가 쏠배감펭을 담은 비닐봉지를 들고 집에 오니, 장모가 아기를 품에 안고 있었다. 장모인 라지예는 그리 나이 먹은 축에 들지 않았다. 라지예는 자장가를 불러주며 아기를 재우고 있었다. 메수데는 엄마를 닮았다. 둘 다 초록색 눈동자에, 전형적인 크레타 사람들마냥 자존심이 센 여자들이었다. 크레타 출신 여자들이 마을에서 가장 미모가 뛰어났다. 구릿빛 피부의 모녀 품에 안겨있는 예쁜 아기는 그녀들보다 더 짙은 피부색이었다. 아기의 피부색이 그녀들과 달랐다. 검은 올리브색이 돌았다. 그녀들과는 적잖이 달랐다.

라지예는 열여덟 살이 되던 해에 결혼했다. 그녀의 아버지가 아주 마음에 들어 했던, 괜찮은 집안에 부자라고 알려진 자동차 대리점 주인 아들과 한 결혼이었다. 라지예는 결혼 후, 읍내에 마련되어 있던 남편 집에서 살았다. 어느 날, 한 청년이 친구들과 시골 마을 식당에 들렀다가 라지예를 본 것이 이들 이야기의 시작이었다. 그는 곧바로 그 여자에게 마음을 빼앗겼다. 청년 자네르는 잘 차려입은 미남이었고, 운동선수 체형이었다. 그는 이런 외모로 라지예의 마음을 조금이나마 흔들어놓을 수 있었다. 자네르가 자신의 아버지처럼 자동차 대리점 일을 하는 것처럼 보였지만, 결혼하고 몇 개월이 채 지나지 않아, 남편이 한량이라는 걸 그녀도 알게 되었다. 유흥업소에서 술이나 마시고 여자들 꽁무니만 쫓아다니면서 인생을 보낸 남자였다. 라지예와는 첫 몇 달 동안 욕정을 채운 게 그들 관계의 전부였다. 그는 또다시 밖으로 나돌았다. 그는 아침이 다 돼서야 집에 돌아오곤 했다. "어디 있었어?" 묻는 라지예에게 그는 "당신이 뭐라고 그런 걸 물어. 난 원래 이래. 난 남자란 말이야."라는 말을 거침없이 했다. 그 일이 있고 난 뒤부터는 모든 것이 아주 꼴불견이 되어갔다. 사실 처음부터 사랑해서 한 결혼도 아니었다. 라지예는 처음 몇 달 동안, 남편이 자신에게 보여주었던 관심과 호감 때문에 생겼던 애정과 존중도 결국에는 다 사라졌다. 그리고 이런 남편의 행동에 해결책이 없다는 결론을 내렸다. 어느 날, 라지예는 짐을 싸서 친정집으로 돌아갔다.

그녀의 엄마는 이해심이 많은 사람이라 그 상황을 바로 받아들였다. 하지만 아버지는 그렇지 않았다. 라지예의 표현을 빌리자면 아버지는 '구닥다리'였다. 아버지는 딸이 집으로 돌아오는 것을 허락하지 않았다. "결혼한 여자의 자리는 남편 곁이다. 넌 이 집에서 완전히 나간 거야." 그녀의 엄마는 속상했지만, 성격이 괄괄한 남편 앞에서 자기 주장을 펼 수는 없었다. 라지예는 자신을 데리러 온 남편과 함께 다시 집으로 돌아가야 했다. 다른 여자 꽁무니나 쫓아다니면서 왜 이 남자가 자신을 끝까지 집에 두려고 하는지 라지예는 알 수가 없었다. '함께 살지도 않는데 남편이 되어주기를 기다리고 앉아있는 게 무슨 의미가 있단 말이지?' 불행한 나날들 끝에 라지예는 결심했다. 무슨 일이 있더라도 이 남자와 끝을 내겠다고. 정 안되면 고모들 집에서 살면 된다고 생각할 정도가 되었다. 하지만 그때 임신했다는 사실을 알게 되었다. 주기가 아주 정확하지 않았기에, 생리가 늦어졌을 때도 라지예는 그다지 불안해하지 않았다. 하지만 많이 늦어지고 한 달이 지나도 생리가 없자, 산부인과를 찾았다. 하혈 증상도 약간 있었다. 시골 마을이었다면 약초로 모든 병을 치료하는 할머니들이 하혈 정도는 해결했을 것이다. 하지만 그때는 의사를 찾아가는 것 외에는 다른 방법이 없었다. 라지예는 이전에 진료를 받아본 적도, 의사를 본 적도 없었다. 그녀는 먼저 초음파 검사를 받았다. 그런 다음 이상하게 생긴 침대에 누웠다. 침대에서 양다리를 벌리는 순간 '차라리 죽는 게 낫겠다.'라는 생각이 들었다. 의사가 여자였는데도 얼굴을 마주 볼 수가 없었다.

　마침내 라지예는 자네르가 왜 자신을 집에 붙잡아 두는 건지 알 것 같았다. 자네르는 밤마다 술과 음악, 많은 여자에 둘러싸인 삶을 살고 싶었다. 그렇지만 집에서 자기를 기다리며 자식을 낳아줄 아내도 필요했다. 라지예는 혼란스러웠다. 그것도 무척이나. 그 남자를 얼마나 증오했던지, 아침이 다 되어서 문을 열고 집으로 들어오는 소리가 들리면 구역질이 났다. 그렇지만 한편으로는 뱃속에서 뛰기 시작한 심장박동과 싹을 틔운 생명은 잔혹함 속에서 축복처럼 다가왔다. 라지예는 한편으로 아기를 원했지만, 또 다른 한편으로는 그렇지 않았다. 어쩌면 뱃속에 있는 이 아기가 증오스러운 남편과 자신을 죽을 때까지 묶어놓을지도 모른다는 생각이 들어서였다. 이 생각만 하면 병이 날 것 같았다. 그러던 어느 날, 남들이 봤을 때는 재앙이었지만, 라지예에게는 해방과 같은—알라신도 알고 계실 정도로, 손톱만큼도 슬퍼하지 않았던—사건이 일어났다. 지방 신문 1면에 대문짝만하게 실리게 될, 그리고 이 주변 카페에 모여 앉은 남자들과 이 지역 모든 여자의 영원한 가십거리가 될 소식이 이른 새벽 그녀에게 전해졌다. 아직 날도 밝지 않은 이른 시간에 새소리가 나는 현관문 벨이 울렸던 그날, 라지예는 범상치 않은 일이 일어났다는 걸 알았다. 누가 큰 병에 걸렸거나, 죽었다고 직감하고 현관문을 열었다. 문 앞에는 그 시간까지 켜져있던 가로등 불빛 아래에서 챙이 있는 모자를 쓰고 있어서 얼굴에 그림자가 져있던 경찰관 두 명이 서있었다. 그들을 보자마자 라지예는 자신이 생각한 것보다 더 큰 일이 벌어졌다는 걸 알았다. 두근거리는 가슴으로 라지예는 "무슨 일이에요?"라고 경찰관에게 물었다. 그들은 임신한 여자들에게 관례로 쓰는 '아주머님'이라고 그녀를 호칭하며 소식을 전했다. 경찰관들은 어떻게 소식을 알려야 임산부가 충격을 덜 받을지 몰라 남편이 병원에 있다고만 했다. 사고가 있었고, 남편은 병원으로 옮겼다고 덧붙였다.

라지예는 그 순간 자신의 인생에서 결코 되돌릴 수 없는 변화를 맞게 될 것을 예감했다. 마음속에서 꿈틀대는 죄책감에도 불구하고, 간절하게 기대하며 물었다. "혹시 그이가 죽었나요?" 모자 때문에 얼굴에 그림자가 드리워져 있던 경찰관들은 주저하며 말했다. "그게… 돌아가신 건 아닌데, 다치셨어요, 조금 심각하게." 그녀는 상황을 바로 알 것 같았다. 방에 들어가 녹색 카디건을 걸쳤다. 쌀쌀한 겨울밤 날씨로부터 배 속의 아기를 보호하려는 듯 두 손으로 옷을 여미고 난생처음으로 경찰차에 올랐다. 경찰차의 경광등 때문에 그녀의 얼굴은 계속 어두워졌다가 푸른빛으로 변하기를 반복하고 있었고, 차는 곧장 병원으로 향했다. 자신의 인생을 송두리째 바꿔놓을 사건을 목격한다는 흥분 때문에 가슴이 뛰고, 숨을 들이쉬기도 힘들었다. 심장은 계속 쿵쾅대고 있었다.

자네르는 한밤중에 술집에서 여자랑 함께 나와 자신의 흰색 자동차에 올랐다. 해안의 곶을 향해 뻗어있는 비포장도로에서 무슨 일이 있었던 건지 차가 절벽으로 추락한 것이었다. 사고기록 상에는 그는 만취 상태였다. 사고가 난 곳 인근 동네 주민들이 사고 소리를 듣고 직접 현장으로 달려왔고, 경찰에 신고한 모양이었다. 함께 탄 여자는 중상이었다. 여자가 진술한 바에 따르면 두 사람은 함께 변두리에 있는 호텔로 가는 중이었다. 자네르가 너무나 많이 취해서 급커브 구간에서 운전미숙으로 차가 전복된 것이었다. 여자는 이후 상황에 대해서는 기억이 나지 않는다고 말했고, 아마도 비명을 질렀던 것 같다고 진술했다. 자네르는 병원으로 옮기는 도중에 사망했다. 경찰은 이런 이야기를 라지예에게 전하면서 어쩔 줄 몰라 했다. 그녀를 위로하려고 그녀의 어깨에 손을 올리고, 원하는 게 있는지 물었다. 그리고 남편이 다른 여자랑 바람을 피우다가 죽은 걸 확인한 젊은 아내에 대한 측은한 마음을 숨기지 않았다. 하지만 그녀는 전혀 동요하지 않았고, 눈물 한 방울조차 흘리지 않았다. 사건에 관한 모든 이야기를 그렇게 냉정하게 듣고 있는 아내의 모습을 보고 주위에 있던 사람들은 혀를 내둘렀다.

라지예는 사고가 있은 다음 날 본가로 돌아갔다. 당연히 '구닥다리' 아버지도 이 상황에서 딸이 귀가하는 것을 반대할 수 없었다. 그녀는 너무나 증오했던 남편의 유산을 거부했다. 그리고 모든 이들이 동정하는 처량한 미망인 신세로 딸을 출산했다. 늘 행복하고, 항상 웃으라는 의미로 딸에게는 메수데[21]라는 이름을 지어줬다. 라지예는, 목숨까지 끊을 생각을 하게 만들었던 자네르로부터 해방된 건, 매일 밤 올렸던 자신의 기도에 응답한 알라신의 정의로운 결정임이 틀림없다고 생각했다. 알라신께서 기도를 들어주신 것이었다. 그 사고는 자신의 구원 요청에 대한 알라신의 빠른 응답이었다. 그날 이후, 라지예는 독실한 이슬람 신자가 되었다. 예배와 금식[22]을 꼭 지켰다. 그러나 메수데는 엄마인 라지예와는 달리 마을에 사는 많은 젊은이처럼 종교가 일종의 관습에 지나지 않는 것이라 여겼고 종교에 크게 얽매이지 않았다.

메수데가 어릴 때 라지예의 아버지는 돌아가셨고, 2년 뒤 어머니도 세상을 등졌다. 라지예는 메수데를 독실한 신자로 키우고 싶어 했다. 하지만 메수데의 본성에는 종교를 포함해서 모든 규칙과 압박에 맞서는 저항적인 성향이 있었다. 마치 '당신 말을 듣고는 있지만, 결정은 내가 내린다.'라고 생각하는 것 같았다. 자신이 정해놓은 일정 선에 다다르면, 누구도 그녀를 마음대로 할 수 없었다. 라지예는 이런 모습을 볼 때마다 "난 원래 이래." 했던 남편 자네르를 떠올렸다. 그런 메수데 성격은 아버지인 자네르로부터 물려받은 게 틀림없었다.

라지예는 메수데에게 강요하는 법이 없었다. 메수데가 누구보다도 심리적 줄다리기에서 뛰어나다는 것을 그녀는 알고 있었다. 열여

---

21   역주-Mesude, '행복한, 기쁜'이라는 뜻의 터키어

22   역주-이슬람력으로 아홉 번째 달인 라마단에 일출 후 일몰까지 지켜야 하는 금식의 의무

덟 살이 되던 해, 무스타파와 한 결혼도 메수데 본인 결정에 따른 것이었다. 라지예는 메수데의 결정에 관여하지 않았다. 어쩌면 라지예가 그렇게 한 건 잘한 일일지도 몰랐다. 라지예는 '내 결혼에 아버지가 끼어들어서 이렇게 된 거야.'라는 생각을 하고 있었다. '딸의 생각이 맞을지도 몰라. 좋아하는 사람과 결혼해야지.'

무스타파는 메수데보다 두 살 위였다. 둘은 어린 시절을—작은 마을에 사는 모든 아이처럼—함께 보냈다. 다 함께 말뚝 박기를 하며 놀았고, 바다에서 물놀이를 했다. 그르디니 카페 앞 공터에서 서로 다리를 걸어 넘어뜨려가며 축구를 했다. 둘은 아버지들의 그물 손질을 함께 도왔다. 배도 청소하고, 고기잡이하러 나가기도 했다. 게다가 무스타파와 메수데는 "한판 붙자." 하며 뒤엉켜 씨름도 했다. 볼 것 못 볼 것 다 보고 살았던 그때는 남녀 구별이 없었다. 사춘기가 지나고 성숙해지자 여자아이들과 남자아이들 간에 묘한 어색함이 생겨나기 시작했다.

메수데는 언제, 어떻게 시작되었는지 알 수 없었지만, 몸을 절대 드러내지 않으려 했다. 남자아이들과 함께 바다에 들어가지도 않았고, 씨름도 하지 않았다. 하루아침에 그렇게 변한 건 아니었다. 천천히 차오르는 물처럼 스스로도 느끼지 못하게 육체와 정신을 호르몬이 지배했다.

어느 날, 메수데는 마치 그전에는 전혀 인지하지 못했던 것처럼 무스타파가 잘 생겼다는 걸 깨달았다. 그녀는 무스타파를 보며 '눈이 어쩜 저렇게 아름답지.' 하고 생각했다. 무스타파와 메수데 사이에는 수줍음과 어색함이 흘렀다. 둘이 만나면 불편했고, 서로의 눈을 계속 피했다. 더는 밀고 당기기를 할 상황이 아니었다. 메수데는 바다를 멍하니 보고 있다가 갑자기 고개를 돌렸을 때, 무스타파가 넋을 잃고 자신을 바라보고 있는 것을 알아챘다. 메수데는 자신의 육체에서 피어나기 시작한 여성성이 누군가의 마음을 흔들어놓고 있다는 것에 자부심을 느꼈다. 그리고 온종일 무스타파 생각만 하고 있다는 것도 깨달았다. 메수데는 포구를 향하고 있는 자신의 집 창가에 앉아있었다. 어느새 저렇게 키가 자랐는지 알 수 없는 훤칠한 남자를 바라보고 있었다. 그가 눈앞에서 사라질 때까지 눈길을 떼지 못했다.

라지예는 딸의 이런 모습에 웃으면서, "네 꼴을 좀 봐. 혹시 어떤 녀석한테 사랑에라도 빠진 거니?" 하며 물었다. 메수데는 "말도 안 되는 소리 하지 마, 엄마!"라고 부인했다. 간단히 말하면, 모든 건 자연의 순리와 최초 인류로부터 지금까지 수십억 번이나 반복돼 온 순서에 따라 흘러가고 있었다. 어느 날, 무스타파는 얼굴을 붉히며 메수데에게 "너랑 고기잡이 못 나간 지 한참이나 됐어. 일요일에 선장님한테서 배를 빌릴 거야. 우리 둘이 바다에 나가자. 괜찮지?" 했다.

메수데는 당황했다. 바로 '아니'라는 대답을 생각했으면서도, 어떤 이유에선지 입에서는 "생각해 보고."라는 말이 튀어나왔다. "별다른 일이 없으면 어쩌면 갈 수도."

무스타파는 이 '어쩌면'이라는 말에 자기 인생이라도 달린 것처럼 아주 기뻐했다. 무스타파도 메수데의 존재를 어느 날 깨달았다. 친구들과 밤에 불을 지피고 메추리를 구워 먹을 때도 메수데를 편하게 바라보지 못했다. 바로 곁에 앉은 메수데의 손이 닿으면 무스타파는 손을 바로 움츠렸고, 그녀와 가까운 쪽 볼이 달아오르는 걸 느꼈다. 두 사람이 친구에서 연인 사이로 넘어가는 경계는 불분명했다. 둘 다 소심해져서 '혹시 너무 나간 건가? 아니면 너무 뺀 건가?'라며 주저하기도 했다. 둘은 서로가 하는 모든 말에 의미를 부여하려고 애썼다. 메수데와 무스타파는 길을 잃은 뱃사람이 방향을 찾기 위해 몸부림치는 것처럼 '혹시나'의 시기를 지나고 있었다.

일요일 아침, 무스타파는 일찌감치 배에 가 있었다. 바다로 나갈 모든 준비를 마쳤다. '그녀가 올까, 오지 않을까? 올까, 오지 않을까?' 그런 조바심을 드러내지 않으려고 하면서도, 무스타파는 언덕길에서 눈을 떼지 못 하고 있었다. 오래 지나지 않아, 그녀가 포구로 향하는 흙길에서 미끄러지듯 빠른 걸음으로 내려오는 게 보였다. 무스타파는 기뻐서 어쩔 줄 몰랐다. 바다로 배를 띄운 뒤, 무스타파는 계속 물고기와 낚시, 바람에 관해 이야기했다. 그는 좀처럼 그녀에게 다가가지 못했다. 하지만 돌아오는 길에 어쩌면 이것이 마지막 기회일지도 모른다는 생각이 들었다. 그는 용기를 모아 어젯밤부터 머릿속에 맴돌던 질문을 그녀에게 던졌다. 등을 물 밖으로 드러내며 헤엄치는 돌고래 떼를 가리키며, "돌고래들은 이 큰 바다에서 암수를 어떻게 찾을까? 어떻게 짝을 짓지?" 하고 메수데에게 물었다. "돌고래들에게도 사랑이라는 게 있을까?"

갑자기 그 말을 들은 메수데는 "몰라."라고 대답하고는 입을 열지 않았다. 무스타파도 아무 말을 하지 않고 있었다. 한동안 그렇게 침묵의 시간이 흘렀다. 그리고 무스타파는 얼버무렸다. "내가 보기엔 그래. 우리처럼 돌고래들도 사랑을 나누겠지. 그러니까 내 생각엔 그렇다고…. 내가… 보기엔 그렇다고. 몰라….”

무스타파가 갑자기 일어나는 바람에 작은 고깃배는 흔들렸고,
“메수데, 미안한데 나 너 좋아해.”라는 말을 내뱉고는 바다로 뛰어들
었다. 메수데는 미소를 지었다.

메수데는 조금 비꼬는 듯한 말투로 무스타파에게 "왔네."라고 말하고는 생선을 받아서 부엌으로 가져갔다.

라지예는 "이 예쁜 아기에게 알라신 은총이 함께하길. 그런데 자네 이 아기를 어떻게 할 건가? 아기는 계속 클 테고, 병원에도 가야하잖나. 학교도 보내야 하고 말이야. 아기를 어떻게 숨길 건가?"라고 물었다.

무스타파는 "맞습니다, 장모님." 하고는 부드러운 목소리로 "생선을 좀 잡아 왔어요. 오늘 여기서 저녁 드시고 가세요. 이야기도 좀 나누고요. 우리도 머리가 복잡합니다. 근데 괜찮으시다면 먼저 한잔하고요…."라 대답했다.

라지예는 씁쓸한 미소를 지었다. 그녀는 무스타파를 좋아했지만,

독실한 신자인 그녀 눈에, 술 마시는 사위 모습이 좋아 보이지 않았다. 적어도 자기와 함께 있을 때는 사위가 술을 마시지 않았으면 했다. 그렇지만 그날 저녁은 특별했다. 무스타파가 얼마나 불안해하는지 그녀도 알고 있었기에 아무 소리도 하지 않았다. 테라스 포도나무 넝쿨 아래에 있는 네모난 작은 탁자에 모두 자리를 잡았다. 숨 막히던 한낮 더위는 한풀 꺾였고, 그 자리를 해풍으로 인해 시원해진 신선한 공기가 메우고 있었다. 재스민 향기는 마치 피부에 달라붙을 것처럼 진했다. 메수데에게는 자신만의 특별한 생선 요리법이 있었다. 프라이팬 두 개에 기름을 두른 다음 불에 올리고, 한쪽 프라이팬에서 반쯤 익어가는 생선을, 달궈진 다른 프라이팬으로 옮겨서 요리했다. 그러면 기름 한 방울도 생선에 배어들지 않았다. 이번에도 그렇게 했다. 쏠배감펭의 하얀 살은 정말 기가 막혔다.

무스타파는 메수데와 화해하고 싶어 그녀를 사랑스럽게 바라봤다. 하지만 젊은 아내는 그럴 생각이 없었다. 무스타파는 "수고했어, 메수데."라고 아내에게 말했다. 그리고 우윳빛으로 변한 라크가 가득 찬 차가운 유리 찻잔을 들어올렸다. 라지예는 술 마시는 사위 모습을 보지 않으려고 고개를 다른 쪽으로 돌렸다. 라지예는 "신이시여, 용서하소서."라고 작은 소리로 중얼거렸다.

테라스도 석양에 물들고 있었다. 무스타파는 "알라신이시여, 당신은 전지전능하십니다. 이 물고기가 홍해에서 에게해로, 에게해에서 우리 식탁에까지 왔습니다. 운명입니다. 운명이 아니면 뭐겠습니까? 알라신이 그렇게 하라 하셨으니 여기까지 온 것이겠지요."라고 했다. 두 모녀는 무스타파가 무슨 말을 하려고 그 말을 꺼냈는지 알고 있었다. 라지예는 사위를 나무랐다. "이봐, 사위. 라크를 마신 입으로 알라신을 부르지 말게. 천벌 받을 걸세."

그리고 라지예는 말을 이어갔다. "무스타파. 아기를 보니 나도 마음이 흔들려. 아무 죄 없는 아기 아닌가. 우리도 난민이나 마찬가지였잖아. 우리 할아버지가 저기 크레타섬을 떠나 여기로 왔으니 말일세. 사람들은 우리를 보고 이교도라고 했었어. 난민이라고 하는 사람도 있었고 말이야. 우리를 받아주지 않더군. 하지만 우리는 버텼어. 상황을 이해하지 못하는 게 아닐세. 방법이 있다면, 불쌍한 아기를 돌볼 수 있다면, 돌봐주고 키울 수 있다면 얼마나 좋겠나. 살아있는 생명인데. 하지만 방법이 없다네. 나라에서 우리 모두를 감옥에 보낼 거야."

"나도 그렇게 이야기했어. 근데 말을 안 들어, 엄마." 메수데는 투정 섞인 목소리로 거들었다.

무스타파는 "처음부터 끝까지 다 옳으신 말씀입니다."라고 장모와 아내에게 말했다. "저는 할 말이 없습니다. 저도 나라에 줘버린 다음에 잊어버리고 싶습니다만, 자는 아기의 순진한 모습이나, 젖병을 빨고 있는 걸 보고 있으면 마음이 아파요. 나라에서는 아기를 보육원으로 보낼 겁니다, 장모님. 아기가 무슨 일을 겪을지 모르는 일 아니겠습니까?"

한동안 세 사람은 아무 말 없이 앉아 있었다. 모두 생각에 잠겨 있었다. 잠시 뒤, 무스타파는 며칠 동안 마음속으로만 '어쩌면 가능할지도 몰라.'라고 생각했던 계획을 그녀들에게 들려줄 시간이 되었다는 결론을 내렸다.

"그러니까, 이건 제가 생각한 건데요. 아시다시피 제 동생 필리즈가 임신 중이잖습니까. 오늘내일 출산할 겁니다."

메수데는 호기심에 차 남편의 얼굴을 바라봤다. "그래서? 필리즈가 자기 아이를 낳는 거랑 이 일이 무슨 상관이 있어?"

무스타파의 여동생 필리즈는 나질리에서 출산을 며칠 앞두고 있었다. 어머니도 동생 곁에 있겠다며 동생네에 가 있었다. 무스타파가 며칠 동안 머리를 굴리고 굴려서 세운 계획은 동생의 출산과 관련이 있었다. 아기를 몰래 데리고 나질리로 가서, 며칠 그곳에 있다가 나중에 아기를 안고 돌아온다는 계획이었다. 필리즈가 쌍둥이를 출산했고, 그중 한 아이를 자기들에게 보냈다고 설명하면 된다는 것이었다. 어쨌거나 자신들은 아이를 한 번 잃은 적이 있는 부부였고, 그때 모든 가족이 마음 아파했었다. 무스타파가 세운 계획대로 하면, 아기 피부색이 짙은 것에 대해서도 의심하지 않을 것 같았다. 나질리에서 은행원으로 일하는 제부도 피부색이 짙은 편이 아니었지만, 이 마을에서 제부를 아는 사람은 없었다. '아빠를 닮았어. 어쩌겠어. 피부색이 짙어도 사람이고 곱슬머리도 사람이잖아.' 하면 끝나는 문제였다. '눈이랑 눈썹 예쁜 거 봐, 알라신의 뜻이야.' 이렇게만 되면 이웃들도 '알라신께서 축복을 내리시길.'이라고 할 수밖에.

메수데와 장모는 무스타파의 말에 경악했다. 무스타파의 이야기가 계속될수록 모녀는 고개를 가로저으며 '그건 아니지.'라고 말하듯 눈썹을 추켜세웠다. 하지만 무스타파가 어찌나 자신 있게 이야기하든, 어찌나 애원하고 간청하든, 결국엔 '어쩌면 가능하지 않을까?'라고 생각하기 시작했다. 정말로 나질리라는 도시와는 마을 사람 누구도 연관이 없었다. 그곳에서 무슨 일이 있었는지 알 리 없었다. 제부도 마을 카페 앞 공터에서 열렸던 피로연 때를 빼고는 마을 사람 중에 누구도 다시 보지 못했다. 마을에는 개인적으로도 제부를 아는 사람도 없었다. 필리즈가 '그래, 쌍둥이를 출산했는데 한 아이를 오빠에게 보냈어.'라고 말해주기만 한다면 문제가 될 건 없었다. 병원에서의 절차가 어떻게 되는지는 알 수 없었지만, 어쩌면 데니즈를 이렇게 해서 출생신고까지 마칠 수 있을 것 같았다. 그렇게만 되면, 모든 고민은 해결되는 것이었다. 나질리에서 한 달 정도 지내면, 두 아기 사이의 발육상태도 크게 차이 나지 않을 수 있었다. 무스타파는 며칠 밤낮으로 이 계획을 세웠기에 모든 세밀한 부분까지 염두에 두고 있었다. 그리고 그날 저녁, 무스타파는 한참 동안 두 여자를 설득해야만 했다.

라지예는 무스타파가 하는 말을 가만히 듣고 난 뒤, "그래. 좋아, 사위. 그런데 이런 자네 생각에 자네 동생은 뭐라고 할까? 더 중요한 건 자네 제부는 뭐라고 할까?"라고 물었다. 무스타파가 우려하고 있던 것도 바로 이것이었다. 필리즈는 마을 근처에서 난민이 발견된 것도, 아기에 대한 소식도 알 길이 없었다. '그래. 오빠를 아주 좋아해서 필리즈가 그렇게 하겠다고 했다고 치자. 그럼 제부는 어떻게 설득할 건가?' 어쨌거나 그는 남의 식구였다. 자신의 호적에 다른 아이를 올려야 할 의무는 결코 없었다. 무스타파는 그 문제에서도 필리즈를 믿고 싶었다. '모든 건 필리즈에게 달려 있어. 동생이 날 실망시키지는 않을 거야. 지금까지 한 번도 날 실망시킨 적이 없었어. 필리즈는

날 제일 좋아했어.'

무스타파는 어머니인 멜라핫도 믿었다. 필리즈는 어머니에게 많이 의존하는 딸이었다. 결혼을 했는데도 어머니 무르팍에서 벗어나질 못했다. 멜라핫도 딸을 떼어놓지 못한 건 마찬가지였다. 그래서 몇 달 동안 딸이랑 사위와 함께 지내고 있었다. 어쨌든 아들의 부탁을 거절하시지는 않을 것 같았다. 장모는 "어휴. 인제 와서 자네한테 내가 뭐라고 하겠어. 이미 마음먹은 것 같은데. 잘 됐으면 하네." 하고는 자신의 집으로 돌아갔다. 무스타파는 메수데와 어떻게 길을 나설 것인지에 대해 이야기를 나눴다. 아기를 품에 안고 마을버스나 공영버스를 타고 읍내로 나간 다음, 거기서 나질리로 가는 시외버스를 타야 했지만, 그렇게 할 수는 없었다. 시외버스야 그렇다 치더라도, 여기는 다 아는 사람들이라 마을버스를 탈 수는 없었다.

마을에 어둠이 내리고 있었다. 관광객들도 서서히 사라지고 있었다. 바다는 조용했다.

무스타파는 만일의 상황을 대비해 옷장에 숨겨온 비상금 봉투를 꺼내서 주머니에 쑤셔 넣었다. 이번 여행에 모두 쓸 생각이었다. 아무리 생각해도 한동안은 수입이 없을 것 같았다. 식당에서 먹는 큰 생선들이 비싼 걸 보고, 어부들이 돈을 많이 번다고 생각한다면 착각이다. 어부들이 지출하는 연료, 그물, 페인트 등의 비용을 생각하면, 하루 벌어서 하루 먹고사는 노동자일 뿐이었다.

메수데는 아기에게 옷을 입히고 짐을 쌌다. 아기를 넓고 얇은 바구니에 누인 다음 천으로 덮었고, 무스타파는 여행 가방을 들었다.

부부는 동이 트기 전 비포장 흙길 언덕을 내려갔다. 가는 동안 아무도 만나지 않았다. 포구에도 인적은 없었다. 무스타파는 메수데와 아기를 먼저 배에 태웠다. 그리고 배를 묶어둔 밧줄을 푼 다음 배 위로 뛰어내렸다. 부위에 묶어둔 닻줄도 풀었다. 무스타파는 모터를 켜지 않고 노를 저어서 바다로 나갔다. 아무도 모르게 잠잠한 바다 위를 미끄러지듯 나아갔다. 바다에는 가슴 속을 트이는 차가운 냉기가 돌았다. 아직 어둠이 가시지 않은 하늘에는 별들이 신비로운 보석처럼 빛을 발하고 있었다.

무스타파의 배가 다음 날에도 선착장이나 바다에서 보이지 않으면, 친구들이 무슨 일이 있는 줄 알고 해안경비대에 신고할 수도 있었다. 그래서 무스타파는 한두 시간 뒤에 유수프에게 문자 메시지를 보내서 여동생 출산 때문에 나질리에 간다고 말할 참이었다. 물론 자기 배에 대해서도 둘러댈 생각이었다. 바다에 소리 없이 잠겼다 나오는 노 덕분에 배는 꽤 먼 바다까지 나왔다. 무스타파는 모터를 돌렸다. 무스타파가 손바닥 보듯 알고 있는 바다에서 배는 어둠을 가르며 빠른 속도로 나아가기 시작했다. 읍내에 인접한 포구에 배를 정박해둔 다음, 친구인 슐레이만에게 배를 부탁할 생각이었다.

모든 것이 무스타파가 계획한 대로 진행되었다. 읍내를 지나 한적한 협만에 자리한 작은 포구에 도착했다. 아직 포구에는 아무도 보이지 않았다. 무스타파는 빨갛고 파랗게 칠해진, 인어공주라는 이름의 슐레이만 배 옆에 자신의 배를 묶었다. 그리고 슐레이만에게 문자 메시지를 보냈다. '미안해, 친구. 이 근처에 일이 생겼어. 한동안 내 배를 자네가 맡아주게.' 부부는 걸어서 읍내로 향했고, 동이 틀 무렵

시외버스 정류장에 도착했다. 무스타파는 중간에 나질리에서 내릴 거라고 말하고 데니즐리^{Denizli}행 버스표 두 장을 샀다. 표를 사고 난 뒤 부부는 정류장에 있던 하얀색 플라스틱 의자에 앉았다. 무스타파는 화덕에서 갓 구운 씨밋²³ 두 개를 샀다. 차를 나르는 심부름꾼 꼬마는 새로 우려낸 홍차 두 잔을 가져왔다. 씨밋은 손을 델 정도로 뜨거웠고, 겉은 아주 바삭했다. 부부는 조금 안정이 되었다. 홍차를 두 잔씩 마시고 나니 둘 다 정신이 드는 것 같았다. 메수데는 플라스틱 의자에 눕혀놓았던 아기의 기저귀를 갈았고, 젖병도 물렸다. 피곤한 데다 잠이 부족했던 부부는 졸면서 버스 출발 시간을 기다렸다.

여기까지는 너무나 감사하게도 모든 것이 순조로웠다. 무스타파는 이상하게 마음이 놓이는 것 같다가도 불안한 마음이 들었다. 햇볕에 그을린 갸름하고 광대뼈가 두드러져 나온 그의 얼굴과 여러 색이 섞인 매의 눈동자에서 한 번씩 크게 드러나지 않는 미소가 비쳤다가 갑자기 심각해졌다. 마치 얼굴에 그늘이 스쳐 지나가는 것 같았다. 아기는 그의 품에서, 메수데는 그의 어깨에 기대어 잠들어 있었다. 아기와 아내 모두 미동도 없었다.

아침이 되자 사람들이 늘어나기 시작했다. 먼저 상인들이, 뒤를 이어 모터 달린 자전거를 탄 동네 사람들, 시외버스 승객들, 승용차로 어딘가로 향하는 사람들이 보였다. 구멍가게, 과일 상점, 생선가게, 관광상품점, 환전소가 문을 열었다. 평소와 다름없는 평범한 하

---

23   역주-simit, 간편한 아침 식사용으로 튀르키예 및 중동지방에서 흔히 먹는, 베이글처럼 생긴 환원형의 빵

루의 시작이었다. 외국인 관광객들은 오전에 밖으로 나오지 않았다. 이제 겨우 잠에서 깰 시간이었다. 태양이 솟아오를수록 무시무시한 더위가 그 모습을 드러내기 시작했다. 마치 '준비하고 있어. 이제 너희들한테로 간다.'라고 경고하는 것 같았다. 그때 "데니즐리로 가시는 승객 여러분, 버스가 곧 출발하겠습니다." 하는 안내 방송이 나왔다. 가장 먼저 무스타파와 그의 가족이 버스에 올랐다. 그들은 버스 맨 앞자리에 앉았다. 선글라스를 끼고, 어깨에 견장이 있는 반소매 와이셔츠를 입은 운전기사 오른편이 그들 자리였다. 좌석 절반 정도가 승객으로 차 있었다. 다행스럽게도 아는 사람은 없었다.

버스가 출발하고 난 뒤, 무스타파는 버스 안내원에게 자리를 바꿔달라고 요구했다. "이 자리는 가는 길 내내 해가 들어와서요." 젊은 안내원은 "그렇게 하세요. 원하시는 자리에 앉으시면 됩니다." 하고 대답했다. 그들은 왼쪽 그늘진 자리로 옮겼다. 계속 졸면서 가느라 나질리에 도착한 것도 몰랐다. 가는 동안 무스타파는 한 차례 잠에서 깼다. 품에 안고 있던 아기를 바라보았다. 작고 굴곡진 아기 입술을 보고 또 봤다. '아니, 못 줘. 무슨 일이 있어도 안 줄 거야.'라고 속으로 다짐했다. 아기는 아빠 돌고래가 가져다준 선물이었다. '인간들도 돌고래만큼이나 선하면 얼마나 좋을까.'

나질리는 작은 도시였다. 해변에 있는 관광지가 아니다 보니 다른 관광도시만큼 발전하지는 못한 곳이었지만, 조용한 일상이 있는 도시였다. 여동생 집은 쉽게 찾을 수 있었다.

거대한 물고기가 작은 고기잡이배를 뒤흔들어 놓기 시작했다. 그 무엇으로도 그 물고기를 제압할 수 없었다. 대양의 영웅 앞에서는 가짜 미끼도 소용없었고, 낚싯줄도, 밧줄도 마찬가지였다. 어부는 그 물고기 앞에서 아무것도 아니었다.

'모터 달린 조그만 고기잡이배가 이 거대한 힘에 어떻게 맞서겠다고?'

거대한 물고기가 영원히 배를 이렇게 끌고 다닐 수 있을 것만 같았다. 무스타파의 손은, 며칠 동안 낚싯줄을 풀어주었다 당겼다 하느라 상처투성이였다. 갑자기 물고기가 물 밖으로 튀어 올랐다. 엄청난 장관을 연출하며 짙은 푸른색의 광채가 첨탑처럼 하늘 위로 솟았다. 청새치의 주둥이는 하늘을 향하고 있었다. 무스타파는 그 광경을 보자마자 중얼거렸다. "알라신이시여, 어떻게 저토록 아름다운 걸 창조하셨나요." 그런 다음 "굉장한 녀석이군. 내가 널 어떻게 해칠 수 있겠니. 정말 대단하구나."라고 말하고는 칼을 꺼내 바로 낚싯줄을 잘라버렸다. 낚싯줄은 깊은 바다를 향해 빠른 속도로 사라졌다. 무스타파는 마음이 너무나 평온해지는 걸 느꼈다.

"이건 운명인 거야. 잘 버텼어! 물고기야, 넌 충분히 살려줄 가치가 있어."

무스타파는 기분 좋게 잠에서 깼다. 어둠 속에서 모든 것이 낯설게 느껴졌다. 자신이 어디에 있는지 깨닫는 데 몇 초 정도 시간이 필요했다. 메수데가 자기 옆에서 있는 걸 확인하고 무스타파는 안심했다. 여동생 필리즈의 집이었다. 아기를 품에 안고 왔기에, 부부는 필리즈의 집에 도착하자마자 모든 걸 설명해야만 했다. 필리즈는 출산이 임박해 있었고, 팔자걸음으로 겨우 걸음을 옮길 수 있는 상태였다. 무스타파가 하는 이야기를 들은 필리즈와 어머니는 놀라지 않을 수 없었다. 무슨 말을 해야 할지 몰랐다. 무스타파는 간청하듯이 자신의 계획을 털어놓았다. 그는 "상황이 이렇습니다. 다른 방법이 없어요."라는 말로 이야기를 마쳤다. 메수데는 무스타파가 말하는 동안 끼어들지 않았다.

필리즈는 말했다. "오빠, 어떻게 하겠다는 거야? 병원에서 아기 하나를 데리고 나와서는 나보고 두 명을 낳았다고 하라는 거야? 출생신고니 뭐니 그런 것도 있는데, 그런 건 어떻게 하라는 거야? 게다가 셀림한테 뭐라고 설명해? 난 이런 이야기를 들어본 적도 없어."

제부인 셀림은 은행에서 일할 시간이었고 집에 오려면 퇴근 시간이 돼야 했다. 무스타파 내외가 올 것이라는 건 알고 있었지만, 아기에 대해서는 당연히 셀림도 모르고 있었다.

어머니가 대화에 들어왔다. "다들 잠깐만. 숨 좀 돌리자꾸나. 뭐 좀 먹고, 침착하게 생각해 보자. 물론 제일 중요한 건 셀림이 무슨 말을 하냐 아니겠어."

"갑자기 아이가 하나 더 생겼다고 말하자는 거야?" 필리즈의 볼은 붉게 상기되었다. "병원 출산 기록이라는 게 있어, 엄마. 어떻게 생각해? 셀림이 그러자고 해도 이 나라에 법이라는 게 있고, 규정이라는 게 있어."

그 순간 무스타파는 의기소침해졌다. 작은 목소리로, "그래. 맞는 말이야, 필리즈. 산파를 불러서…, 그러니까 우리가 태어났을 때처럼 말이야."라고 운을 뗐다.

필리즈는 기가 차다는 듯 오빠의 얼굴을 한번 보더니 자리를 박차고 일어나서 말하고 방으로 들어가 버렸다. "알라신이여, 제게 인내심을 주소서. 기가 차네, 정말."

무스타파의 어머니는 "얘야, 그건 안 돼. 집에서 애를 낳을 순 없단다. 필리즈가 임신 중에도 얼마나 힘들었는데, 무슨 일이라도 생기면…. 알라신의 가호가 있기를. 아니, 아니야. 생각도 하지 마. 산파는 안 돼." 했다.

메수데는 무스타파에게 말했다. "좀 이따가 우리 다시 돌아가자, 무스타파."

그 말에 어머니는 자리에서 벌떡 일어났다. "안 돼. 오는 건 너희들 마음이지만, 가는 건 우리 마음이야. 잠시만 생각을 좀 해보자꾸나. 먼저 식사를 준비하자. 자, 어서 아가야."

필리즈가 몸이 좋지 않다는 핑계로 오후까지 방에서 나오지 않자, 메수데는 마음이 상했다. 남편에게 "잘 보라고. 쟤는 우리가 불편한 거야. 자, 어서 돌아가자."라며 재촉하기 시작했다. "우리가 밥을 굶는 것도 아니고, 갈 곳이 없는 것도 아니잖아. 환영받지 못하는 곳에 있을 필요는 없잖아."

무스타파는 아내의 말이 옳다고 생각했다. 그렇게 가깝다고 생각했던 필리즈가 보인 행동에 무스타파도 상처를 받았다. 하지만 계획을 포기하고 싶지는 않았다. "잠시만 있어봐. 어쩌면 놀라서 그랬을 거야. 임신 중이잖아. 신경이 곤두서 있어서 그래."

메수데는 남편의 말에 동의하지 않았다. "저 혼자만 임신했나 봐. 우리도 임신하면 어떤지 잘 알아. 임신했다고 손님을 내쫓다니. 그보다 더 나쁜 짓이 어디 있어. 분명해. 은행 다니는 남편이 있다고 잘난척하는 거야. 우리를 우습게 보는 거지. 거북이가 껍데기에서 나와보니 껍질이 보기 흉한가 봐.[24]"

무스타파가 아무리 말려도 메수데는 들으려 하지 않았다. 메수데는 펜션이라도 찾아보자고 고집했다. "우리 동네에 파트마 부인이

---

24   역주-Tosbağa kabuğundan çıkmış da onu beğenmemiş, 튀르키예 속담. 자신의 과거나 출신을 부정하는 사람에게 쓰는 말로, '개구리 올챙이 적 생각 못 한다.'와 비슷한 의미

운영하는 펜션 있잖아. 그런 곳을 찾아보자니까, 어서."

저녁이 다 되어가고 있었고, 어디로 가서 어떤 숙소를 찾아야 할지 무스타파는 난감했다. '나질리에 펜션이 있었던가? 호텔로 가면 돈이 많이 들 텐데. 내일 아침까지 기다리면 뭔 일이라도 벌어진다는 건가?' 하지만 메수데는 한다면 하는 성격이었다. 가만 보니 자존심이 상한 아내를 설득해 봐야 먹혀들지 않을 것 같았다. 그는 더 버티지 않고 짐을 챙겼다. 그리고 꼼지락거리고 있던 아기를 안고 방에서 나왔다.

어머니는 거실에서 뜨개질하고 있었다. "무슨 일이야? 어디 가려는 거니?" 무스타파는 어머니에게 사정을 설명했다. 어머니는 부부를 가로막아 섰다. "말도 안 되는 소리. 아무 데도 못 가. 가당키나 하니?" 어머니는 무스타파가 들고 있던 가방을 빼앗듯이 낚아챘고, 메수데의 손을 잡더니 그녀를 소파에 앉혔다. "우리 예쁜 며늘아기야. 네가 필리즈를 이해해 줘. 필리즈가 임신 기간 내내 정말 힘들었단다. 그 전에 두 번이나 유산했었잖니. 이번에는 꼼짝 않고 석 달을 누워 있었어. 가만히 있는데도 울질 않나, 신경이 곤두서 있을 대로 곤두서 있었단다. 너희들 때문이 아니야. 정말로 아니란다, 애야. 게다가 여긴 내 집이나 다름이 없어. 날 무시하고 갈 생각이거들랑 말아라."

어머니가 완강하고 단호하게 말하는 바람에 부부는 그 말을 거역할 수 없었다. 무스타파는 가방을 다시 방으로 가져다 놓았다. 거실로 되돌아오니 어머니가 아기를 보고 있었다. "메수데는 어디 갔어요?" 그는 어머니에게 물었다. 품에 있는 아기를 어르고 달래고 있던 어머니는 눈짓으로 필리즈의 방을 가리켰다.

필리즈의 침실은 거울이 달린 화장대와 옷장이 갖춰진 새하얗게 꾸며진 현대식 방이었다. 그녀는 쿠션과 베개가 가지런히 놓인 분홍색 침대보 위에 누워 소리 없이 울고 있었다. 메수데를 보자 필리즈는 몸을 일으켰다. "어서 와, 새언니. 미안해. 내가 너무 예의 없이 행동했어요. 근데 정말로 신경이 날카로워져 있어서 그랬어요." 필리즈는 좀 더 낮은 목소리를 냈다. "나 두 번이나 유산했잖아요, 새언니. 이번에도 어떻게 될지 몰라. 셀림에게는 말하지 않았어요. 의사가 그러는데 아기가 거꾸로 자리 잡았대요. 제왕절개 이야기를 하는데, 나 무서워요."

메수데는 울고 있는 필리즈 옆에 앉아서 한쪽 손으로 그녀를 안고, 다른 한쪽 손으로는 그녀의 눈물을 닦아주었다. "내가 널 이해 못하겠니, 필리즈. 꼬마 때부터 널 봐왔는데. 무스타파가 생각 없는 짓을 했어. 네가 이렇게 힘들 때 골치 아픈 일을 벌이지 말았어야 했는데. 그래서 우리는 집으로 돌아갈 생각이야. 마음 쓰지 마. 너 때문은 아니니까."

"새언니, 제발 그러지 마. 어떻게 용서를 빌어야 하나 생각하고 있었어요. 제발 가지 말아요." 필리즈는 간청했다. 메수데가 고집을 꺾지 않자, 필리즈는 더 크게 울기 시작했다. "난 절대 용서받을 수 없을 거야, 새언니. 만약 새언니가 가버리면 난 정말 끝이야. 새언니가 어른이니까 용서해 줘요. 가지 마, 새언니!"

메수데가 보기에도 필리즈 상태가 정말로 좋지 않아 보였다. 메수데는 더는 고집부리지 않았다. "그래, 그렇다면 하루 이틀 더 있다가 돌아갈게."

"사실 새언니랑 오빠가 와서 내 숨통이 좀 트였어. 고향의 맑은 공기를 가져온 것 같다니까." 그리고 필리즈는 울다가 새언니를 끌어안다가 하면서 마음속에 있는 말을 털어놓기 시작했다. "여기서는 숨이 막혀요, 새언니. 우리 마을 앞 바다, 바람, 그곳의 냄새를 여기선 찾을 수가 없어요. 어디를 가도 초원에 밭이고 산이야. 매일 같은 산을 보고 있자니 가슴이 답답해요." 필리즈는 속마음을 털어놓을수록 조금씩 마음이 풀리는 것 같았다. 그녀는 말하는 동안 계속 손으로 눈물을 닦아냈다. "그래요. 고맙게도 셀림은 좋은 사람이에요. 하지만 재미없어. 아침에 은행으로 출근했다가 저녁이면 돌아오는데, 어떤 날은 점심시간에도 와요. 넥타이랑 와이셔츠를 벗지도 않고 바지만 잠옷으로 갈아입어요. 점심을 먹고 나면 또 은행으로 가죠. 은행에서 일하는 부인들 몇 명이랑 만나보기도 했지만, 난 고기잡이 나가고, 그물 치고, 산에서 나물을 뜯고, 버섯 따는 게 몸에 배어있나 봐요. 마치 내가 감옥에 갇혀있는 것 같다는 생각을 해요. 새언니가 오니 내가 어떤 상황인지 더 잘 알 것 같아요. 고맙게도 엄마가 와줘서 도움이 많이 됐어요. 엄마마저 없었다면 난 벌써 미쳤을 거예요."

메수데는 처지를 바꿔 자신이 필리즈라고 생각해 보니 필리즈의 입장을 충분히 이해하고도 남았다. 메수데 자신도—그런 일은 없어야겠지만—인동초, 재스민, 바나나 나무, 라벤더, 귤과 레몬 나무들로 넘쳐나는 마당과 과즙이 넘치고 씨도 없는 포도가 열리는 포도나무 넝쿨, 마당에 있는 정자와 매일 아침이면 알을 낳는 닭들, 바닷바람과 수많은 종류의 생선들로 채워진 식탁을 두고, 현관마다 신발들로 넘쳐나고 양배추 냄새가 배어있는 어두컴컴한 여기 5층짜리 아파트 한 가운데에 갇힌다면 자신도 미칠 것 같다는 생각을 했다. 다들 은행원과 결혼해서 도시 부인이 됐다고 부러움을 한몸에 받았던 필리즈의 지금 모습은 안쓰럽기 그지없었다.

"우리 예쁜 아가씨. 아기를 품에 안는 순간 이 모든 걸 잊을 거야. 행복해질 거고. 자기가 살았던 곳이야 당연히 중요하지. 그래도 네 집과 가족이 여기에 있으니 시간이 지나면서 적응하게 될 거야." 메수데는 필리즈의 머리를 쓰다듬으며 계속 말을 이어갔다. "우리 동네로 여행 오는 공무원들이나 의사들은 우리 동네가 별로 마음에 안 드나 봐. 습도가 너무 높아서 건물 벽도 썩는 것 같다고들 해. 마을 사람들은 다 류머티즘 환자에, 나이든 노인들은 모두 허리가 굽었다고도 하지. 그 사람들이 볼 땐 바다에서 먹고사는 게 힘들어 보일 거야. 위험하기도 하고. 공무원 같은 직업이 어디 있겠어? 매달 초면 월급이 은행 통장으로 들어오잖아. 게다가 그 사람들이 보기엔 바닷가 관광지에 유흥장도 많잖아. 아이들을 집에 붙잡아 두기도 어려운데다, 관광지에는 온갖 부도덕한 것들이 다 있다고 말하기도 하지. 그리고 물가도 비싸다고도 불평해. 관광객이 많은 곳에서는 물가가 다른 곳에 비해 몇 배나 비싸다고 말이야."

"맞아요. 우리 고향에 비하면 여기가 많이 싸죠."

"봐. 모든 일에는 좋은 면과 나쁜 면이 있는 거잖아. 아들이야, 딸이야? 이름은 뭐로 지었어?"

"아들인가 봐요. 셀림은 자기 아버지 이름으로 하고 싶은가 봐요. 하미트라고. 근데 전 요즘 유행하는 이름으로 하고 싶었어요. 이름은 케렘잔으로 하고, 하미트는 태명으로 하기로 했어요. 전 케렘잔이라고 부를 거예요."

메수데는 "알라신이시여, 아이가 부모들 손에서 계속 자라게 해주소서."라고 기도했다.

"지중해에서 만육천 명 이상의 난민들이 사망했습니다."

다른 때 같았으면 텔레비전에서 나오고 있는 이 뉴스에 귀를 기울이지 않았겠지만, 지금은 모든 눈과 귀가 뉴스를 향하고 있었다. 다들 젊은 여자 아나운서가 화면에서 전하고 있는 사망자 수와 인터뷰에 집중했다. 예전 같았으면 고무보트에 빈틈없이 가득찬 수백 명의 난민 모습을 대충 보고 넘겼을 것이다. 하지만 지금은 그 광경을 보는 내내 가족 모두의 마음이 찢어지는 것 같았다. 그 난민 중 하나가 옆방에서 자고 있었다. 엄마와 아빠의 생사도 확실치 않았다. 익사했을 가능성이 컸다.

뉴스에서 튀르키예 관계자는 그리스를 비난했다. 그리스 해안경비대대원들이 고무보트에 구멍을 내서 고의로 침몰시켰으며, 난민들을 죽게 내버려 뒀다고 주장했다. 그리스 측은 이런 주장이 중상모략이며, 튀르키예가 난민들을 저지하지 않고 그리스 해안으로 보내고 있다고 했다. 게다가 그리스의 다섯 개 섬에 사만 명이나 되는 난민을 수용하고 있다고 주장했다.

뒤이어 나온 유엔 관계자들은 인터뷰에서 그리스 난민캠프의 비참한 상황을 전했다. 천막에서 지내는 아이들은 쥐한테 발이 물리는가 하면, 여자들은 맨바닥에서 아무런 도움도 받지 못한 채 아이를 낳고, 화장실과 샤워 시설도 없다고 했다. 뉴스에 나오는 자료 화면은 끔찍했다. 무스타파와 메수데는 서로를 바라봤다. 부부는 같은 생각을 하고 있었다. '이 아이가 저 난민캠프에 있지 않은 게 얼마나 다행이야.' 아이가 저곳에 있다고 생각하는 것만으로도 소름이 끼쳤다. 식사를 끝낸 후 커피를 마시며 뉴스를 보고 있던 가족들도 경악했다. 셀림이 "만육천 명이 죽었다고 그럽니다. 말도 안 되는 일이에요."라고 했다. 멜라핫 부인은 뜨개질에서 눈을 떼지 않은 채 말했다. "불쌍한 사람들. 무슨 일이 있기에 저토록 위험을 무릅쓰고 오려는 건지. 아이들을 데리고 저런 사지로 나선다는 게 말이 돼?"

침착하고 부드러운 성격인 셀림은 저녁 무렵 은행에서 퇴근해 집으로 왔다. 이미 와있던 손님들에게는 친절하게 "잘 오셨어요." 하며 인사를 건넸다. 셀림은 머리숱이 적고 통통한 얼굴에 안경을 쓴 중간 정도 키의 남자였다.

볼에는 홍조를 띠고 있었는데, 부드러운 말투와 행동에서 교육을 잘 받은 예의 있는 사람이라는 걸 알 수 있었다. 화면에서 수많은 참혹한 장면들이 계속 이어지자, 멜라핫 부인은 임신한 필리즈가 보지 못하게 사위에게 텔레비전을 끄라고 했다. 셀림은 장모의 의중을 바로 알아채고는 채널을 돌렸다. "죄송한데 다른 프로그램을 볼까 하는데요."

그날 밤, 메수데는 무스타파에게 "셀림, 좋은 사람 같지?"라고 물었다. "예의가 바르더라. 좋은 사람인 건 알았지만 이 정도인 줄은 몰랐네."

두 사람의 잠자리는 더블침대였지만 좁았고, 게다가 몸을 뒤척일 때마다 삐걱거리는 소리가 났다. 무스타파는 베개 두 개를, 메수데는 하나를 베고 있었다. 커튼이 쳐져 있었지만, 아파트 바로 앞에 있는 가로등 불빛 때문에 방은 환했다.

"그래, 결혼 허락을 받으러 왔을 때 봤었지. 그리고 결혼식이랑 피로연 때도. 그런데 이야기를 많이 나누진 못했어. 정말 괜찮은 사람 같아 보이네."라고 무스타파가 대답했다.

"어쩌면 우리를 도와줄지도 몰라. 난 그렇게 보이던데, 당신은?"

"나도 그렇게 봤어. 마음이 넓은 사람 같아 보였어."

"게다가 필리즈가 신경질을 잘 부렸지 뭐야."

"왜?"

"그리고 나서 엄청나게 미안해했거든. 이젠 반대하진 못할 거야."

"그럼 다행이고. 어서 자자."

메수데는 몸을 일으켰다. "이 모든 게 다 필요가 없었다는 거 당신 알지?" 메수데의 목소리에는 불만이 섞여있었다.

"어째서?" 무스타파가 물었다.

"우리도 아이를 낳을 수 있었어. 누구의 도움도 필요치 않았단 말이야. 내가 못 낳을 것 같아? 나 아직 젊어. 근데 당신이 안 된다고 했잖아."

무스타파도 상반신을 일으켜서 침대에 앉았다. "이봐, 데니즈 출산할 때 하마터면 난 당신을 잃어버릴 뻔했어. 의사가 다시는 임신하면 안 된다고 기회가 있을 때마다 우리에게 주의하라고 하지 않았어?"

"그랬지. 그렇지만 나 때문에 그런 건 아니었잖아, 무스타파. 데니즈의 빈자리에는 누구도 들어올 수 없다고 당신이 그랬잖아. 아이는 원하지 않는다고 이야기한 건 당신이야. 그렇지 않아? 진짜 이유는 그거 아니었어?"

"그랬지. 하지만 나중에는 다른 생각 때문이었어. 아이를 가지면 그 아이에게 또 나쁜 일이 일어날까 봐 그랬어."

"그렇다면 왜 내게 이야기 안 했어? 왜 잠자리할 때마다 피임한 거야?"

"당신의 병이 생각났어. 당신을 잃고 싶지 않으니까."

"병이라고 하지 마, 난 환자가 아니야."

"그래, 아니야. 환자는 아니지."

"적어도 필리즈처럼 나도 여자야."

"물론 당신도 여자지. 하지만, 의사가…."

"의사는 위험할 수 있다고 한 거지, 반드시 위험하다고는 안 했다고. 자궁 모양 뭐 어떻고 그런 걸 이야기한 거야. 다른 의사에게 가볼 수도 있었잖아."

무스타파는 입을 다물었다.

메수데는 희미한 불빛에 드러난 무스타파의 얼굴을 바라봤다.

"왜 아무 말도 안 하는 거야?"

"하혈." 무스타파가 대답했다. "피를 너무 많이 쏟았었어."

"됐어. 지난 일이야. 무사히 아기를 낳았잖아." 메수데가 말했다.

그리고 그 심한 하혈 속에서도 아이를 살려냈는데 물에서는 살려 내지 못했다는 건 두 사람 모두 입 밖으로 내지 않았다. 부부는 무슨 말을 해야 할지 몰랐다. 아이를 잃은 가족의 얼굴에 새겨진 고통스러운 흔적을 감추려는 억지 표정이 두 사람 사이에 자리했고, 둘 사이는 어색해졌다.

잠시 뒤, 무스타파는 "됐어. 어차피 벌어진 일이야. 이 아기를 내가 찾아다닌 게 아니잖아. 내가 찾아 헤맨 게 아니라고. 알라신께서 보내신 거야."라고 했다.

"그것도 돌고래와 함께." 메수데는 남편 말에 맞장구를 쳤다.

"맞아. 돌고래와 함께. 선지자들처럼 말이야. 돌고래 선지자라고 해야 하나."

메수데는 혼잣말을 했다."아기 엄마는 지금 어디에 있을까? 죽었을까, 살았을까?"

"자, 어서 자자." 하고는 무스타파는 아내를 품에 안았다. 아내는 그의 입술에 입을 맞추며 사랑을 나누고 싶다는 신호를 보냈다. 둘은 짧지만 진한 사랑을 나누었다. 무스타파는 또다시 절정의 순간에 몸을 뺐다. 메수데는 그를 잡아두려 했지만 역부족이었다. 아내는 상처를 받았고, 등을 돌려 돌아누웠다. 그녀는 소리 없이 조용히 울음을 삼켰다.

부엌에는 끓는 물과 수건, 면포들이 널려있었다. 침실을 드나들던 여자들. 매순간 무스타파의 가슴을 파고들던 방에서 들려오는 탄식과 메수데의 비명. "뭔가 잘못된 거야. 뭔가 잘못됐다고. 내 느낌이 그래." 혼잣말을 하던 무스타파는 잠깐 거실로 나왔던 장모의 손을 잡고, "무슨 일이에요? 장모님, 무슨 일입니까? 메수데에게 무슨 일이라도 생긴 겁니까?" 물었다. 장모의 심각한 표정과 잠시만 기다려보라고 말하는 입술에서 뭔가를 숨기고 있다는 걸 바로 알 수 있었다. 고통스러운 기다림이었다. 산파 할머니는 피와 땀으로 범벅이 되어 방에서 나왔고 부엌에서는 여러 가지 약초와 씨앗을 절구에 빻아 마법 같은 약을 만들었다. 그리고 깨끗한 면포 위에 그 약을 발라서 다시 방으로 가져갔다. 산파는 무스타파의 질문에 대답하지 않았다.

집 밖 포도나무 넝쿨 아래에서 왔다갔다하고 있던 외메르는 "메수데 누나. 메수데 누나 죽었어요? 메수데 누나 죽었냐고요!"라고 소리를 지르며 현관문을 쾅쾅 두드렸다. 무스타파의 어머니는 무스타파에게 "카페에 가 있지 그러니. 출산하는 데 남편이 무슨 할 일이 있다고." 했다. 무스타파는 아내를 잃게 되면 자신도 목숨을 끊을 생각이었다. 메수데와 이별한다는 건 생각조차 할 수 없는 일이었다. 얼마쯤 시간이 지났을까. 어머니가 방에서 아기를 안고 나왔다. "아들이야." 하지만 집안에는 소름이 끼치는 침묵이 흘렀다. 그렇게 들려오던 신음보다 더 무서웠던 건 불안한 기운이 감도는 침묵이었다. 방에서는 아무 소리도 들리지 않았다. 외메르도 더는 소리를 지르지 않았다. 무스타파는 아기를 받아 안을 생각은 않고 곧바로 메수데가 있는 방으로 들어갔다. 피, 피, 피…. 마치 메수데가 붉은 튀르키예 국기 위에 누워있는 것 같았다. 핏자국이 너무 빨갛고 너무나도 반짝여 무스타파는 겁에 질려버렸다. 메수데는 기력을 소진한 채로 무스타파에게 미소를 지어 보였다. 정향이 들어간 로후사 셰르베티[25] 냄새가 집안에 가득했다. 그리고 품에 안은 아기에게서도 로후사 셰르베티 냄새가 섞인 좋은 향이 났다. 어여쁜 아기를 양손으로 받아드는 순간, 무스타파는 세상 어느 것과도 비교할 수 없는 환희와 경이로움을 느꼈다.

며칠 뒤, 라지예는 창백해져 있는 메수데를 병원으로 데려갔다. 젊은 시절 자신도 경험했던, 그 수치스러운 진료를 딸도 받아야 했

---

25   역주-Lohusa serbeti, 설탕물에 계피와 정향을 첨가하여 끓인 것으로 산후 조리하는 산모와 방문객을 위한 음료의 일종

다. 진료가 끝나고 의사는 심각한 태도로 말했다. "아주 위험한 고비를 넘기신 겁니다. 병원에서 출산하셨더라면 이런 일이 없으셨을 텐데. 산파가 어떻게 지혈을 했는지 모르겠네요. 운이 좋아서 따님이 살아남으신 겁니다. 하지만 다시 출산하는 건 매우 위험합니다. 저라면 다시 출산하지 않을 겁니다."

메수데는 자기보다 한참 나이가 많은 여의사를 보며, '자기가 어떻게 애를 낳는단 말이야.'라고 생각했다. 의사의 태도와 말투가 마음에 들지 않았다. '병원에서 죽을 수도 있는 일인데 말이야.' 산파였던 쥬베이데 부인은 마을 모든 여자의 출산을 도맡았었다. 게다가 그녀는 약초와 씨앗, 나무들에 관해 모르는 게 없었다. 쥬베이데 부인은 출산한 여자들을 괴롭혔던 산후열을 직접 치료했고, 귀신을 쫓았다. 그녀가 페가눔[26]을 태우지 않은 집이 마을에 없을 정도였다.

무스타파는 드넓고 어두운 바닷물 속으로 데니즈가 사라졌던 그날, 메수데가 데니즈를 출산할 때 자신이 목격했던 장면들이 떠올랐다. 그날 본 것들은 그의 머릿속에서 떠나지 않았다.

---

26   역주-페가눔 하르말라(Peganum harmala L.), 지중해, 동유럽, 코카서스 지역에 자생하는 식물. 민간신앙 중 하나로 불운과 부정적인 에너지를 쫓기 위해 말린 페가눔을 태움

필리즈와 셀림의 진심이 담긴 사과와 더 지내다 가라는 간청에, 메수데와 무스타파는 집으로 돌아가겠다는 생각을 바꿨다. 메수데는 시어머니와 함께 부엌일을 도맡았고, 필리즈가 손에 물을 묻히지 못 하도록 했다. 온종일 가슴이 답답했던 무스타파는 저녁 식사를 마치 고 도시의 골목길을 돌아다녔다. 차가운 가로등 불빛 아래 텅 빈 아 스팔트 길로 나서서 담배를 피워 물었다. 무스타파는 길 양쪽으로 줄 지어 있는 불 켜진 아파트 창과 길고양이들을 구경했고, 텔레비전 소 리에 귀를 기울였다. 쓰레기를 뒤지는 들개들을 피해 멀리 돌아서 걷 고 또 걸었다.

도시의 색깔과 냄새, 소음은 무스타파에게 낯설었다. 살면서 바 다를 떠나본 적이 없는 무스타파는 사람들이 바다가 없는 곳에서 어떻게 살 수 있는지 이해할 수가 없었다. 백만 리라를 준다고 해도 여기서 살고 싶지 않았다. 무스타파는 가끔 여동생 필리즈를 생각하면 마음이 아팠다. 필리즈도 바다 아이였다. 대여섯 살밖에 안 되었을 때도 가져갔던 조그만 파란색 양동이를 해변에서 잡은 게로 다 채우곤 했었다. 필리즈는 훌륭한 어부로 자랐다. 그물을 치고, 주낙을 준비하고, 가짜 미끼를 단 주낙 낚시를 하면서 바다와 하나가 되어 살았다. 무스타파는 필리즈가 자신보다 더 나은 어부라는 생각을 한 적도 있었다. 필리즈가 큰 물고기를 잡을 때, 낚싯줄을 풀어주고 다시 감는 기술을 보고 있으면 놀라지 않을 수 없었다.

이 기술은 어부와 물고기 사이의 냉정한 머리싸움 중 하나였다. 낚싯줄을 너무 느슨하게 풀어주면 물고기가 빙빙 돌면서 도망가 버린다. 조금 풀어주면서도 팽팽함을 유지하고, 낚싯줄이 끊어지지 않게 끌어당기는 기술은 꽤 숙련된 어부여야 가능했다. 필리즈는 이런 기술에 아주 능한 어부였다. 어느 날, 무스타파가 이 기술에 관한 이야기를 꺼냈다. 필리즈는 오빠가 하는 이야기를 듣고 웃었다. "그러니까 말이야, 이건 우리 여자들의 영역인 거야. 오빠 같은 남자들을 이런 식으로 조종하는 거지. 모든 여자는 태어나면서부터 이 기술을 알고 태어나는 거야."

무스타파는 "필리즈 선장 만세!"라고 했고, 둘은 웃었다. 필리즈는 정말 훌륭한 어부였다.

필리즈가 이곳에서 사는 걸 힘들어할 게 뻔했다. 무스타파는, 겉모습이나 행동에서 그녀가 숨막혀 할 것을 바로 알 수 있었다. 바닷사람은 바다에 있어야 하고, 육지 사람은 육지에서 살아야 했다.

동생 집에 온 지 일주일째 되던 날, 유수프에게서 전화가 왔다. 유수프는 말더듬이의 그물에 시신 한 구가 더 걸렸다고 했다. 말더듬이는 그물을 올리면서 아주 큰 고기를 잡은 줄 알고 신이 났었는데, 끌어 올려보니 한 남성의 시신이었다는 것이다. 무스타파는 '젠장맞을.'이라고 속으로 중얼거렸다. 쏠배감펭, 복어, 사르파 살파[27], 가두리 양식장에 이어, 바다에 시신들까지 넘쳐나는 지경이라니.

'그 시신들을 먹은 물고기가 몇 마리나 될지. 어부들은 그 물고기를 잡아서 먹는데 말이야.' 이런 생각만으로도 무스타파는 구역질이 났다. 속을 더 불편하게 한 건 "네가 없는 걸 알고 모두가 놀라고 있어."라고 한 유수프의 말이었다. "치안군도 네가 어디 있는지 묻더라고. 난 모른다고 했어. 그런데 너한테 아기가 생겼다는 말이 마을에서 나돈다고 그러네. 소문에는 네가 아기를 집에 숨기고 있다는 거야. 우리 마을이 어떤지는 너도 잘 알잖아. 누가 어딜 가고 없으면 소문을 만들어내잖아. 그러니까 하루빨리 오는 게 좋을 것 같아, 무스타파."

무스타파는 이 소식을 듣자 심장이 쿵쾅거리며 뛰었다. 그렇지 않아도 여러 문제로 골머리 썩고 있는 메수데에게 이 소식을 전하자, 곧바로 낯빛이 어두워졌다. "왜 이런 일이 안 생기나 했다. 소문이 안 나는 게 이상한 일이지. 누가 봤다는 거야? 언제 봤다고 소문이 퍼진 거야?" 무스타파는 잠시 주저하다 "장모님."이라고 입을 뗐다. 그러

---

27   역주-sarpa salpa, 환각 증상을 일으키는 물고기로 드림 피쉬(dream fish)라고 불리기도 함

자마자 아내가 무스타파의 말을 가로챘다. "말도 안 되는 소리야. 엄마가 그런 말을 했을 리가 없어."

"그래. 장모님한테서 나온 말은 아닐 거야. 그럼 누가 봤고, 누가 들었다는 거야? 전에 당신 친구들이 차 마시러 왔었잖아? 그 친구들이 의심할 만한 뭔가가 있었나?" 메수데는 잠시 생각에 잠겼다. "그러네. 에브루가 입이 싸지. 아슬르는 믿어도 에브루는 못 믿지. 그때 났던 소리를 고양이 소리라고 했는데, 아마도 그 말을 안 믿은 모양이네."

"어찌 됐건 이젠 아기가 있다는 걸 알려야지. 제부는 정말로 마음씨 좋은 사람인 것 같아."

"그래. 맞아. 우리 식구는 아니지만, 식구보다 더 잘 대해줬어. 이 애가 우리 아기가 된 건 다 제부 덕이야."

이틀 뒤, 필리즈는 병원에서 아들을 출산했다. 의사는 출산 직전에 제왕절개 수술을 결정했다. 수술은 했지만, 문제는 없었다. 눈과 눈썹도 제자리에 있었고, 아기는 쉬지 않고 꼼지락거렸다. 뽀얀 피부의 아들이었다. 집으로 데려온 아기를, 레이스 장식이 있고 푸른색 이불이 깔린 아기 침대에 눕혔다. 모든 가족과 이웃들은 기도로 아기를 축복해주었다. 아기는 3.2킬로그램으로 태어났다. 무스타파 부부의 작고 연약한 아기도 대충 그 정도 체중이었다. 아기가 아주 작아서 사람들이 의심하지는 않을 것 같았지만, 필리즈가 낳은 아기와 데니즈를 함께 보게 해서는 안 될 것 같았다. 아기 중 하나는 복숭아처럼 환한 분홍색 피부였고, 다른 아기는 꽤 짙은 피부색이다 보니 누구도 쌍둥이라고 믿지 않을 것 같았다. 메수데는 이 문제를 해결할 방법을 고민했다. 시골 마을들을 보면, 언제 와서 정착했는지 알 수 없는, 피부가 검은 사람들이 있었다. 시골 사람들은 이들을 아랍인이라고 불렀지만, 아프리카에서 아주 오래전 이주해 온 사람들이 그들의 조상이라는 건 분명했다. 사실 그들도 자신들의 조상이 어디서 이주해 왔는지 정확히 몰랐다. 이들 중 젊은 여자들은 피부색을 하얗게 만들려고 얼굴에 요구르트 팩을 하곤 했었다. 요구르트 팩은 효과가 있었다. 메수데는 아기 얼굴에 매일 요구르트를 발라서 얼굴을 희게 만들 생각이었다. 정확히 말하면 아기 피부가 검은 건 아니었다. 검은색과 노란색이 섞인 올리브 빛깔이 나는 색이었다.

대부분 그런 것처럼 사내아이들이라 다 벗은 채로 사진을 찍었다. 메수데는 화장할 때 쓰는 새하얀 분을 아기에게 바르고 분가루가 피부에 남아있도록 했다. 짙은 피부색이었던 아기가 한순간에 묘한 흰색 피부로 변해있었다. 마침내 카메라 각도와 조명의 도움을 받아 사진 촬영을 했다. 아기들은 포동포동한 다리를 접고 앉아있었다. 두 아기는 세상을 향해 당당하게 고추를 드러내고 있었다. 셔터를 누르는 순간 흔들리던 방울을 놀란 눈으로 바라보는 쌍둥이가 사진에 담겼다. 그다음엔 가족 모두가 아기들을 품에 안고 사진을 찍기 위해 자세를 잡았다.

이른 아침에 무스타파와 메수데는 길을 나섰다. 먼저 읍내 포구에 들러 배를 타고 마을로 향했다. 어둠이 내린 저녁 무렵, 배는 포구로 들어갔고 무스타파는 배를 묶었다. 주변에는 아는 사람이 아무도 없었다. 집에 도착하니 현관문에 메모가 붙어있었다. 검찰에서 발송한 소환장이 마을 이장 집에 있다는 내용이었다. 불안한 마음으로 부부는 그날 밤을 보냈다. 무스타파는 잠을 이루지 못하고 테라스와 포도나무 넝쿨 아래를 오가며 담배를 피워댔다. 바다에는 오징어를 잡기 위해 멀리서 불빛을 발하고 있는 고깃배 두 척 외에는 아무것도 보이지 않았다. 마을은 잠들어 있었다. 자고 있을 땐 누구에게도 해를 끼치지 않았지만, 깨어나면 사람들은 악마와 다를 바 없었다. 무슨 이유에서인지 모두가 서로의 약점을 찾아다녔고, 늘 자신과 친한 사람의 흉을 봤다. 특히 좁은 동네에서는 친한 사이인 것처럼 보이는 사람도 뒤돌아서면 온갖 흉을 다 봤다. 밤이 되면 테라스에는 재스민 향기가 가득했고, 그 속에 인동초 향기도 섞여있었다. 무스타파는 어릴 적부터 진한 재스민 향과 달콤한 인동초 향이 섞인 냄새를 무척 좋아했다. 그리고 좋아하는 냄새가 하나 더 있었는데 그건 바다 냄새였다. 젖어있는 그물과 밤의 습기를 머금은 고깃배에서 나는 냄새는 또 다른 것이었다. 물론, 몇 년 동안 잊어버리려 노력했던 좋은 냄새가 하나 더 있었다. 그건 아기 목에서 나는 젖내였다. 무스타파는 한참 동안 그 냄새를 떠올리지 않으려고 했었다. 하지만 지금은 다시 그 냄새를 맡을 수 있어서 감사할 따름이었다. 무스타파가 데니즈 목에 입김을 불어넣으면 아기는 살짝 웃었고, 두 손을 맞부딪히지도 못하면서 손뼉을 치려고 버둥댔다. 자신의 두 손을 따라가다 약간 사시가 된 것처럼 모인 눈동자, 하늘로 뻗어 올린 통통한 다리, 갑자기 "아아아, 우우우, 다아아" 하고 내는 소리까지 무스타파는 이 모든 것이 감사했다.

무스타파는 피우고 있던 담배를 껐다. 그리고 뒤꿈치를 들고 조심스럽게 방으로 들어갔다.

메수데는 "나 안 자고 있었어. 아기 우유 먹일 시간이야." 했다. 아기는 한 번씩 앓는 소리 같은 걸 내더니 다시 한참을 조용히 있었다. 무스타파는 그 자그마한 몸뚱이를 보고 있자니, 그렇게 깊고 먼 바다에서 긴 시간을 아기가 어떻게 버텼는지 믿기지 않았다.

메수데는 아기를 깨울까 봐 전등은 켜지 않았다. 그녀는 우유를 준비한 뒤, 부엌등을 끄지 않고 그냥 두었다. 불빛이 새어 들어오는 어두운 방에서 무스타파가 본 아기의 얼굴은 새하얬다. 메수데는 "요구르트를 발랐어. 인샬라[28], 내 아들도 새하얘지겠지."라고 중얼거렸다.

다음 날 아침, 무스타파는 두 시간 남짓한 선잠만 잔 탓에 두통을 느끼며, 걱정 가득한 마음으로 검찰에 출두하기 위해 미니버스를 탔다. 그때, 메수데는 유아차를 끌고 경사진 언덕길을 걸어 처가로 가고 있었다. 그 모습을 마을 사람들이 구경하고 있는 게 무스타파 눈에 들어왔다. 오랜 옛날부터 내려온 전통적인 방식으로 이 소식은 번개 같은 속도로 마을 사람들 사이로 퍼져나갔다. '메수데에게 아기가 생겼어.'라는 소문을 들은 대부분의 마을 사람들은 핑곗거리를 만들어 길가로 나왔다. 사람들은 라지예 부인의 집으로 향하는 길로 모여들었다. 여자들은 서너 명씩 무리를 이뤄서 수군대고 있었다. "침몰한 배에서 살아남은 아기를 숨겼다더니 맞나봐. 아기에 대한 소문

---

28   역주-İnşallah, '신이 원하신다면'이라는 뜻으로 기원, 희망의 뜻을 담은 아랍어에서 유래된 말

이 사실이었네." 하지만 어떻게 그럴 수 있지? 소문처럼 무스타파가 아기를 바다에서 건져서 숨겼다면, 어떻게 이렇게 대낮에 아기를 데리고 나온단 말인가? 메수데는 첫째였던 데니즈를 위해 읍내에서 깐깐하게 유아차를 골랐었다. 너무 좋고 자랑하고 싶어 아기를 유아차에 태우고 해변을 돌아다니곤 했었다. 하지만 사고가 있던 그날 이후, 남에게 주기 아까워 보관해 두었던 데니즈의 다른 물건들과 마찬가지로, 볼 때마다 가슴이 미어지는 유아차를 방 한쪽 구석에 치워 뒀다. 그 파란 유아차를 끌고 메수데가 어머니 집에서 나오자 골목길은 부산스러워졌다. 마을 여자들은 인사를 건네며 메수데 곁으로 모여들었다. 그들은 허리를 숙여서 아기를 자세히 보려고 했다. 유아차 위로 쳐둔 하얀 천 때문에 아기 얼굴은 희미하게 보였다.

메수데는 "나질리에 아가씨를 보러 갔었거든. 필리즈한테 말이야. 임신 중이었잖아. 아들 쌍둥이를 낳았지 뭐야. 쌍둥이 중 하나를 우리한테 키우라고 줬어. 가족들 모두 데니즈라는 이름이 좋겠다고 했어."라며 마을 여자들에게 설명했다.

바로 이어서 메수데가 벌거벗은 두 아기 사진을 주머니에서 꺼내 여자들에게 보여줬다. 마음씨 착한 젊은 여자들은 기뻐하며 눈에 눈물까지 보였다. "메수데, 좋은 일과 행운이 가득하길 빌게. 아기가 부모 손에서 계속 자라길. 신께서 하시는 일은 다 이유가 있는 거야. 알라신께서 다른 데니즈를 네게 보내신 거야. 필리즈 걔도 멋지다. 원래 마음씨가 고운 애였어."

이렇게 해서 첫 번째 관문은 넘긴 셈이었다. 마을 사람들이 데니즈의 존재를 알게 되었다. 하지만 그래도 몇몇 여자는 의심 가득한 눈으로 바라봤다. 그녀들은 주저 없이 "뭔가가 있어."라고 말했다. 특히 행복해하는 젊은 여자들에 대해 묘한 시기심이 있던, 몇몇 나이든 여자들은 수군거렸다. "두 소식이 잇달아 들려오다니, 이상한 일이야. 기다려보자고. 조만간 냄새가 나겠지."

메수데는 뛰는 가슴을 안고 집으로 돌아왔다. 그녀는 현관문을 꼭 닫고 아기에게 우유를 먹였다. 물결 같은 선이 뚜렷해진 입술로 데니즈는 젖병을 너무나도 맛있게 빨았다. 메수데는 무스타파와 함께, 그 모습을 시간 가는 줄 모르고 바라보았다. 메수데는 데니즈에게 우유를 먹이고 기저귀를 간 다음, 얼굴에 발랐던 분을 물에 적신 부드러운 솜으로 닦아냈다. 그동안 다리 사이 사타구니에 바르는 분을 아기 얼굴에 발라왔었지만, 오늘은 다른 방법을 써보기로 했다. 메수데는 쌀뜨물로 피부 미백효과를 본다는 아시아 여자들의 이야기를 텔레비전에서 본 적이 있었다. 이 방법을 한번 해볼 생각이었다. 메수데는 무슨 짓을 해서라도 아기 피부를 희게 만들고 싶었다. 녹갈색에 영롱한 빛을 발하는 눈동자와 끝이 위를 향해 솟아 있는 검은 속눈썹은 정말 마음에 들었다. 그렇지만 사람들이, 피부가 하얀 필리즈가 낳은 아기라고 믿을 것 같지는 않았다.

무스타파는 검사 앞에서 진땀을 흘리고 있었다. 검사실로 들어서자마자 무스타파는 검사의 노려보는 듯한 시선과 심각한 표정을 보고 겁을 집어먹었다. 검사가 계속해서 험악한 표정을 지어서인지 무스타파는 더더욱 공포를 느꼈다.

검사는 "이리 와봐요, 무스타파 씨. 여성 난민이 혼수상태에서 깨어났습니다. 그 여자분은 아기가 있었다고 진술하고 있어요. 이름이…." 하면서 검사는 서류를 뒤적였다. "질하 셰리프. 아기의 이름은…."이라며 검사는 다시 서류를 봤다. "싸미르 셰리프. 이 문제와 관련해서 한 번 더 진술을 듣고 싶어서 당신을 소환했습니다. 분명히 뭔가를 보셨을 겁니다."

"진짜, 정말로 검사님, 알고 있었으면 말씀드렸을 겁니다." 무스타파는 많이 당황한 모습으로 자신을 변호하려 했다. 검사의 의심은 더더욱 짙어졌다. 사실, 무스타파가 용의 선상에 오른 건 이렇게 당황해하는 행동 때문이었다. 다른 어부들은 목격한 것들을 침착하게 진술하고 갔지만, 무스타파는 얼굴이 붉게 달아올랐고, 자신의 말을 믿게끔 과하게 노력했다.

"됐습니다. 댁에 있는 아기는 어떻게 된 겁니까?"

그 순간 무스타파는 한 대 얻어맞은 것 같았다. 그사이에 그런 상황까지 검사에게 보고된 것이었다. '당연하지. 조그만 동네에서 모르는 게 어디 있겠어. 파리가 날아도 소문나는 마당에.' 이번에도 무스타파는 에어컨이 켜진 검사실에서 땀을 쏟고 있었다. 방이 이전처럼 시원하지는 않았다. 검사는 가끔 손수건을 꺼내 코를 닦았다. 무스타파는 '너무 추웠나 보네. 에어컨 온도를 좀 올린 것 같은데.'라는 엉뚱한 생각을 하다가 곧바로 정신을 차렸다. '난 바보야. 바보 멍청이.'

검사가 진술에 집중하라고 주의를 주자 무스타파는 정신을 차렸다. "필리즈. 여동생 필리즈가 쌍둥이를 출산했습니다. 그중 한 아이를 저희에게 줬어요. 그게 답니다." 그렇게 대답하고 무스타파는 침묵했다. 머릿속에 다른 말이 떠오르지 않았다. 검사가 재채기했는데, 거기에 '촉 야샤.'[29] 해야 한다는 것조차 생각하지 못했다. 정신이 나가 있었다.

"그러니까 주민등록 사무소에 출생신고를…. 에취…."

---

29 역주-Çok yaşa, '오래 사시길'이라는 뜻으로, 재채기할 때 주위에 있는 사람(들)이 건네는 기원이 담긴 인사말

검사가 한 번 더 재채기하자 무스타파는 정신이 들었다. "쿡 야샤, 검사님."

"그런 인사는 집어치우고. 아기를 엄마에게 보여줄 겁니다. 그리고 동생이 어디에 산다고 했죠? 아, 나질리. 이거 기록해, 나질리에 사는 필리즈…. 성이 뭐죠? 쿰바사르, 필리즈 쿰바사르의 진료 기록과 주민등록 기록을 요청하고…."

무스타파는 그 뒤에 검사가 말한 내용은 듣지도 못했다. 머리는 어지러웠고, 바닥에 쓰러질 것만 같았다. 검사실에서 어떻게 나왔고, 미니버스를 어떻게 탔으며, 집에 어떻게 돌아왔는지 전혀 기억이 나지 않았다. "어떻게 됐어? 무슨 일이 생긴 거야?"라며 걱정스럽게 질문하는 아내에게 무스타파는 그저 "망했어." 밖에는 할 말이 없었다. 그리고 침대에 몸을 던졌고 불안 속에서 잠에 빠졌다.

무스타파에게는 그런 습성이 있었다. 무슨 큰일이 생기거나 해결할 수 없는 상황이 닥치면, 주체할 수 없는 졸음이 쏟아졌다. 메수데도 그 모습에 놀랐다. 아들을 잃었던 날에도 무스타파는 열 시간 이상 잠들어 있었다. 자식을 잃은 충격으로 반실신 상태였던 메수데도 이 사실을 말하면 이웃한테서 손가락질받을까 봐 둘러댈 거짓말을 찾느라 곤혹스러웠다. 메수데도 나중에서야 감정의 부재 때문에 무스타파가 그러는 것이 아니라, 그런 행동 저변 깊은 곳에 다른 뭔가 있다는 걸 느꼈다.

다음 날 아침, 메수데는 동이 트기 전에 아기를 엄마에게 맡겼다. 엄마에게는 읍내에 일이 있어 간다고 했다. 읍내에 있는 관공서나 회사, 쇼핑센터, 식당 같은 곳에서 일하는 사람 중에는 메수데와 친한 친구나 마을 이웃이 꼭 몇 명은 있었다. 이들은 어촌의 힘든 삶 대신 경비원, 판매원, 상점 계산원 같은 정기적으로 월급을 받는 삶을 택한 젊은 사람들이었다. 메수데는 그날 국립병원에서 미화원으로 일하고 있는 큐브라를 만나러 가고 있었다. 메수데는 그녀와 하루 전날 약속을 잡았다. 미니버스 오른편 좌석에 앉은 메수데는 머리를 차창에 기댔다. 읍내에 도착할 때까지 넋이 나간 듯이 바다만 바라봤다. 미니버스는 길에 팬 구덩이를 지날 때마다 흔들렸고, 머리는 차창에 부딪혔다. 버스에서 내려 병원을 향해 걸어가는 동안, 태양은 머리 꼭대기 한가운데에 있었다. 오늘은 가장 더운 여름날 중 하루였고, 태양이 하늘의 정중앙에 가까워질수록 기온은 더 올라갔다. 더위는 아스팔트를 녹여버릴 기세였다.

병원은 늘 그랬듯이 몹시 붐볐다. 복도를 따라 늘어서서 순서를 기다리는 사람들, 기다리다 지쳐서 신물이 난 사람들, 병원 일에 찌든 의사들과 간호사들, 처방전을 들고 우왕좌왕하는 사람들, 음식 냄새와 피곤함에 절어 어찌할 바를 모르는 사람들 그리고 울고 있는 몇몇 사람들….

메수데는 갑자기 속이 답답했다. 큐브라는 전화로 말했던 것처럼 식당 바닥을 닦고 있었다. 큐브라는 어릴 적부터 메수데와 친했다. 자그마한 체구에 검은 눈동자, 늘 웃는 얼굴을 한 그녀는 예쁜 마을 처녀 중 하나였다. 그녀는 미화원이라 병원 안 여기저기를 드나들 수 있었다. 그녀는 병원 사람들로부터 사랑받고 있었다. 흰색 앞치마와 플라스틱 양동이 그리고 대걸레를 들고 있는 그녀에게 어떤 이는 찾고 있는 진료과와 의사에 관해 물었고, 또 어떤 사람들은 너무 오래 기다린다며 불평을 늘어놓았다. 의사들과 간호사들은 그녀에게 미소를 지으며 가벼운 인사를 건넸다. 큐브라는 메수데의 걱정 가득한 모습을 보고는 늘 그랬던 것처럼 밝은 모습으로 농담을 하기 시작했다.

"여기서 무슨 일이 벌어지는지 넌 모를 거야. 며칠 전에 할머니 한 분이 남자 화장실에서 나오는 걸 봤지 뭐야. 머리에는 차도르를 두르고, 독실한 신자 같아 보이는 할머니가 손에 오리를 들고서 말이야. 오리가 뭐냐면, 침대에서 일어나지 못하는 환자들이 사용하는 건데 소변을 받을 때 필요한 도구야. 너 진짜 오리인 줄 알았구나? 세상에. 메수데, 너 진짜 순진하구나. 하여튼 내가 '어머니. 여기는 남자들 화장실이에요. 보세요. 문에 남자들 표시가 있잖아요. 잘못 들어오셨어요.' 하니까, 할머니가 나를 이상하게 보더니 '그럼, 아가씨, 우리 영감 오줌은 어디다 버리라고? 남잔데.' 하더라고. 온종일 이것 때문에 웃었지 뭐니."

이 이야기를 듣고 메수데도 미소를 지었지만, 모든 생각이 그 난민 여자에게 가 있는 바람에 이야기에 집중할 수가 없었다. 메수데는 "전화로 말했던 그 여자에 관해서 물어봤니? 어때? 지금 뭐 하고 있어?"라며 궁금해하고 있던 걸 곧바로 그녀에게 물었다.

"물어봤지, 당연히. 내가 직접 보기도 했는걸. 혼수상태에서 깨어났어, 다행히도. 일반 병실로 옮겼는데, 계속 울어. 여자들이 울 때 가슴을 치며 울잖아, 그렇게 울더라고. 먹지도 마시지도 않고 싸미르, 싸미르라고 외치면서 말이야."

메수데는 싸미르라는 이름을 듣자 미칠 것 같았다.

큐브라는 불안감을 숨기지 않고 물었다. "메수데, 넌 왜 그 여자를 보고 싶은 건데?"

"마음이 쓰여서 그래. 내 아들도 바다에서 실종됐잖아…."

큐브라는 메수데의 얼굴에 드리워진 슬픔의 그림자를 보고 미안한 마음이 들었다.

"미안해. 내가 바로 알아차리지 못했어. 정말 미안해. 근데 아무에게도 말하면 안 돼. 병실 입구를 지키는 사람은 없지만, 그래도 어떻게 될지 모르니까."

메수데와 큐브라는 5층 복도를 따라 줄지어 있는 병실 중 한 곳으로 들어갔다. 그 방에는 환자가 세 명이 있었다. 두 명은 나이 많은 환자였고, 한 명은 젊은 여자였다. 나이가 많은 환자 둘은 무기력하게 고개를 돌려 병실로 들어서는 메수데와 큐브라를 쳐다봤다. 짙은 피부색에 마른 얼굴을 한 젊은 여자는 검정 올리브를 닮은 큰 눈으로 두 사람을 훑어봤다. 알고 있어서 그런 건지, 아니면 정말로 닮아서 그런 건지 몰라도 메수데는 그녀의 눈동자에서 데니즈를 보았다. 그녀가 아기 엄마라는 걸 첫눈에 알 수 있었다. 의심의 여지가 없었다. 그녀는 갑자기 알아들을 수 없는 말로 뭐라고 하더니, 울면서 말을 이어갔다. 뭐라고 하는지 알아들을 수는 없었지만, 그녀가 절망의 늪에서 허우적거리고 있는 게 보였다. 그녀의 목소리에서 타들어 가는 듯한 고통을 느낄 수 있었다. "싸미르, 싸미르."라며 그녀는 몸부림쳤다. 나이 많은 환자 중 한 명이 큐브라에게 말했다. "아가씨, 제발 저 여자를 이 방에서 데리고 나가요. 밤낮없이 울어대서 못 살겠어. 꿈을 꾸면서도 소리를 지르고 말이야. 더는 못 참겠어. 정말로 못 견디 겠다고." 병실에 있는 다른 환자는 더 나이가 많았다. 거의 피골이 상 접한 얼굴에 눈은 움푹 들어가 있었다.

큐브라가 대답했다. "알겠어요, 이모님. 의사들에게 전할게요. 고 생하셨어요."

메수데는 고통스러워하고 있는 그녀의 얼굴에서 눈을 떼지 못했 다. 마치 고통이 살과 뼈를 뒤덮고 있는 것 같았고, 얼굴 주름과 눈빛 에마저도 아픔이 자리하고 있는 것 같았다. 정확히 말해 그건 고통이 아니었다. 고통, 공포 그리고 희망이었다. 그랬다. 놀랍게도 희망이 자리하고 있었다. 메수데 자신도 '데니즈, 데니즈.'라며 울부짖을 때 그랬었다. 사실 지금도 그녀는 여전히 울부짖는 중이었다. 그 고통은 사라지지 않았다. 그 순간, 메수데는 난민 여자가 바로 자기 자신이 라는 걸 깨달았다. 메수데는 곧장 달려가 그녀를 끌어안았다. 깡마른 여자의 뼈가 손에 닿았다. 얼마나 야위었는지 갈비뼈를 셀 수 있을 정도였다.

큐브라는 메수데를 그녀로부터 힘들게 떼어 놓은 다음, 복도에서 한참을 나무랐다. "날 곤란하게 만들려고 그러는 거니? 너 때문에 내 가 쫓겨나면 좋겠어?"

병원에서 나왔을 때, 메수데는 몸이 좋지 않은 걸 느꼈다. 속이 메 스꺼운 것을 간신히 누르고 미니버스에 올랐다. 돌아오는 내내 머리 와 이마에서는 땀이 났고, 그 땀은 눈물과 함께 흘러내렸다.

그날 밤, 메수데는 무스타파와 지금까지 결혼생활 중 가장 큰 부부싸움을 했다. 메수데는 아기를 엄마 집에서 데려오지 않았다. 곧바로 집으로 향했다. 남편에게 "무스타파, 내일 아침에 아기를 돌려줄 거야. 싸미르를 자기 엄마에게 넘겨줄 거야."라고 딱 잘라 말했다.

목소리와 표정에서 드러나는 단호함에 무스타파는 먼저 겁이 덜컥 났다. 하지만 곧바로 겁은 분노로 바뀌었다. "첫 번째로 걔 이름은 데니즈야. 싸미르가 아니라고. 알겠어? 알겠어, 이 여자야? 내 말 잘 들어. 아기는 어디에도 안 가, 알았어?"

메수데는 무스타파의 두 눈을 똑바로 바라보며 소리쳤다. "당신이나 내 말 똑바로 들어. 아기의 친엄마가 살아있어. 오늘 가서 직접 그 여자를 보고 왔단 말이야. 내가 데니즈를 잃었을 때 느꼈던 그 지옥 같은 고통을 그 여자도 싸미르 때문에 겪고 있다고. 그 여자가 고통을 받고 있다고 말하고 있잖아. 내 말이 이해 안 돼? 아파하고 있다고."

무스타파는 그녀의 팔을 거칠게 잡았고, 고함을 질렀다. "뭐라고? 당신 뭐라고 했어? 나한테 말도 없이 병원에 갔다고? 왜 그랬어? 나한테 한마디 말도 없이."

"나한테 소리치지 마. 내게 소리 지르지 말라고. 목소리 높이지 마! 나를 때리려고? 때려. 때려. 자, 때려봐. 난 유괴범이 아니란 말이야!"

무스타파는 "부끄러운 줄도 모르고! 당신, 여자가 돼서 말이야. 내게 자식도 하나 못 낳아주면서. 운명처럼 내게 온 아들을 다시 돌려주겠다니. 내 눈앞에서 꺼져." 하고 소리쳤다.

이렇게까지 심한 말을 들은 메수데는 분노에 가득 찬 눈으로 남편을 노려봤다. 갑자기 머리 꼭대기로 화가 치솟았고, 인상을 쓰고 있는 그의 얼굴에 따귀를 날리고 싶었다. 그렇게 할 수도 있었지만, 메수데는 끝까지 참았다. 쓰레기를 보듯 멸시하는 눈빛으로 무스타파를 훑어보고는 문을 쾅 닫고 집에서 나가버렸다. 메수데는 엄마 집으로 향하는 동안에도 진정이 되지 않았다. 온몸이 떨렸다. 무스타파가 이렇게까지 한 적은 없었다. '더는 얼굴을 마주하고 살 수 없어. 그런 말까지 주고받고 어떻게 다시 얼굴을 마주봐. 꼴도 보기 싫어. 말로만 듣던 그런 남자들처럼 날 때리려고 하다니, 세상에.'

메수데는 무스타파와 있었던 일을 엄마에게 말하고 싶었다. 엄마가 실망할 걸 알면서도 말하고 싶었다. 속에 있는 걸 털어놓을 필요가 있었다. 자기 편이 되어줄 뿐만 아니라, 결심한 걸 실행에 옮기는 데도 엄마의 도움이 필요했다.

메수데는 석양이 지고 전등빛이 마을을 밝히기 시작한 저녁 무렵, 그날 있었던 일을 엄마한테 털어놓았다. 마음속에 있는 걸 모두 엄마에게 말했다. 무스타파에 대해서는 머리에 떠오르는 대로 말해버렸다. "난 다시는 그 사람이랑 얼굴을 마주할 생각이 없어, 엄마. 끝났어, 이제." 세상 경험이 더 많은 엄마는 딸의 머리를 쓰다듬으며 진정시키려 했다. "잠시 멈춰봐, 애야. 며칠 있어보자. 그리고 그다음에 다시 이야기하자꾸나." 그 순간 모녀의 모습은 참으로 묘했다. 메수데도 그걸 알아채고는 신경질적으로 웃으며, "우리 모습을 봐봐."라고 했다. 메수데는 엄마의 무릎을 베고 있었고, 라지예는 메수데의 머리를, 메수데는 싸미르 데니즈의 머리를 쓰다듬었다. 그날 밤, 무스타파가 친정집으로 찾아올 용기는 없을 것이라고 메수데는 확신했다. 그리고 그녀의 확신대로 그는 오지 않았다.

그날 밤, 메수데는 데니즈를 품에 꼭 안았다. 아침이 될 때까지 아기의 냄새를 맡았다. 아기 목덜미에서 나는 냄새를 맡으며 머리를 쓰다듬었고 자장가를 불렀다. 데니즈는 두 번 잠에서 깼다. 그때마다 메수데는 기저귀를 갈고, 아기에게 젖병을 물렸다. 그리고는 자기 자신도 이해할 수 없는 행동을 했다. 젖병에 든 우유를 자신의 젖꼭지에 묻히고는 아기 입에 갖다 댔다. 아기가 가슴에 달려들어 만족스럽게 젖꼭지를 빨자, 설명할 수 없는 감정이 북받쳐 올랐다. 기쁨과 환희 그리고 동시에 공포와 고통을 느꼈다. 메수데는 눈을 감았다. 젖꼭지에서 퍼져나간 농도 짙은 감정의 물결이 자신을 취하게 했다. 죽은 데니즈가 자신의 품속에 있었다.

사방이 하얀색으로 칠해진 집, 행복에 젖은 새신부는 데니즈에게 젖을 물리고 있었다. 잠시 뒤, 사랑하는 남자가 고기잡이에서 돌아왔다. 아기를 사이에 두고 두 사람은 침대에 누웠다. 그들은 감탄해 마지않으며 이 아기가 자신들의 아기라는 걸 믿지 못하겠다는 듯, 마치 기적을 목격이라도 한 사람들처럼 넋을 잃고 바라보았다. 부부는 밤새도록 잠에서 자다 깨기를 반복하면서 아기의 숨소리를 들었다. 그 장미 향이 나는 숨소리를. 무스타파는 고마움을 가득 담은 표정으로 메수데를 바라보며 말했다. "당신이 내게 이런 선물을 준 거야…. 뭐라고 말해야 할지 모르겠어." 아내는 남편의 입술에 자신의 입술을 갖다대며 그의 말을 막았다. 마치 말을 하면 마술에서 깨어날까 봐.

메수데는 아침이 밝아올 때까지 건강을 되찾은 아기가 자신에게 모든 걸 내맡긴 채 두 팔을 벌리고 자는 모습을 바라봤다. 메수데는 무스타파에 대한 분노와 아기에 대한 애착이라는 감정 사이를 오가고 있었다.

바람 한 점 없어 나뭇잎도 꼼짝 않던 그날 밤, 무스타파는 포도나무 넝쿨 아래에서 변변찮은 안주를 놓고 라크를 마시며 지새웠다. 유리잔에 라크를 채우고 비우기를 반복했다. 빈속에 그렇게 마셔댄 바람에 만취 상태가 되었다. 해결 방법을 찾아보려 했지만, 찾을 수가 없었다. 무스타파는 장모님 댁으로 가서 문을 두드려볼까도 생각했고, 그럴 마음도 있었다. 그렇지만 메수데의 분노에 차 일그러진 얼굴과 눈빛을 생각하면 그럴 용기가 나지 않았다. '아마도 이젠 끝인가 보다.'라는 생각이 들었다. 메수데는 참을성이 많았지만, 화가 한번 나면 아무것도 눈에 보이지 않는 성격이라는 걸 무스타파도 잘 알았다. 그리고 그녀가 이번만큼은 제대로 화가 나있었다.

동이 터 육지를 밝히기 전에 바다가 먼저 환해지기 시작할 새벽 무렵, 비포장 흙길을 따라 포구로 내려가는 무스타파는 좌우를 오가며 휘청거렸다. 배에 오를 때에도 비틀거리다가 바다에 빠질 뻔했다. 무스타파가 이렇게 취한 건 처음 있는 일이었다. 무스타파는 그날 꽤 먼 바다로 나갔다. 때마침 약하게 바람이 불더니 바다에는 파도가 일기 시작했다. 배가 해변 쪽으로 밀려가고 있었다. 마치 바다가 기지개를 켜며 아침에 굳어있는 몸을 깨우는 것 같았다. 무스타파는 전날 쳐두었던 그물을 끌어 올렸다. 그물이 찢어져 있는 걸 보고는 화가 머리 끝까지 치밀다. 그 빌어먹을 복어가 또 그물을 망쳐놓은 것이었다. 아주 두꺼운 그물이 아니면 그 망할 놈의 물고기는 강력한 턱과 날카로운 이빨로 그물을 다 끊어놓았다. 무스타파가 자리에서 일어서자 고깃배가 양옆으로 흔들렸다. 그는 바다를 향해 소리 질렀다. "복어 네 놈 짓이냐? 알라신이여, 천벌을 내리소서. 풍선처럼 터져서 뒈져라, 제발."

본 적도 없는 바다에서 알라신의 천벌처럼 몰려든 이 괴물들이 이젠 이곳 어부들 생계를 위협하고 있었다. 복어는 압착기같이 강한 턱을 가지고 있었다. 그 턱 위아래로 이빨이 나있었다. 그 이빨로 낚싯줄을 끊고, 그물을 망쳐놓는가 하면, 눈앞에 보이는 모든 걸 씹어 삼켰다. 복어는 어부들한테 골칫거리였다. 무스타파에겐 아직 굵은 줄로 엮은 그물이 없었다. 복어는 주낙 목줄도 바늘 연결 부분에서 끊어먹고 달아났다. 어떤 경우에는 수백 개의 주낙 목줄이 바늘 없이 물속에서 하늘거리기만 할 때도 있었다. 물론 무스타파도 튼튼한 그물을 사려고 했지만, 최근 들어 복잡한 일이 많아 그물을 사러 갈 시간이 없었다. 그렇지만 고맙게도 말더듬이가 철사 목줄의 주낙을 줬었고, 무스타파는 그걸 챙겨두고 있었다. 고깃배조차도 갉아먹는 무시무시한 복어의 턱은 쇠로 만든 것이 아니면 막을 방도가 없었다. 게다가 아주 큰 놈들은 철사로 된 줄도 끊어버렸다.

어느 날, 무스타파는 잡아 올린 복어를 손에 들고 살펴본 적이 있었다. 복어를 손으로 만지면 몸통이 풍선처럼 부풀었고, 대가리도 갈수록 악어를 닮아가는 걸 보고는 겁에 질렸었다. 그러다가 하마터면 그 커다란 이빨에 손가락이 잘릴 뻔했었다. 무스타파는 철사 목줄에 연결된 낚싯바늘에 미끼를 달아서 바다로 던졌다. 잠시 뒤 주낙을 끌어 올렸다. 바다는 이 괴물 같은 복어들로 들끓었다. 무스타파는 잡아 올린 모든 복어를 배 안으로 던졌다. 숨을 못 쉬어서 죽기 전에 방망이로 먼저 때려서 죽였다. 몇 마리를 동시에 내려치기도 했다. 부풀어 오른 몸통이 터지고, 내장이 터져 나와 바닥에 흩어지는 것에 무스타파는 굉장한 희열을 느꼈다. 복어를 내려칠 때마다 욕설을 내뱉었다. 고깃배 바닥은 피로 흥건했다. 복어를 내려칠수록 복어 피가 손과 목, 얼굴로 튀었다. 그리고 어디서 나오는지 알 수 없는 에너지로 또다시 주낙을 끌어 올렸다. 이번에도 잡아 올린 복어를 피와 살점, 비늘, 내장으로 범벅이 된 바닥에 던졌다. 무스타파는 괴성을 지르며 그 복어들을 몽둥이로 내려치고 또 내려쳤다. 그가 평생 알지 못했던 폭력에서 오는 즐거움이 시커먼 물처럼 마음속 깊은 곳에서 차오르고 있었다. 그는 폭력이 더 큰 폭력을 부르는 소용돌이 속에 빠진 것이었다.

얼마나 오랫동안 복어를 죽였을까. 갑자기 근처에서 질러대는 고함이 그의 귀에 들렸다.

"무스타파. 무스타파. 이봐아아아. 무슨 일이야?" 무스타파는 겨우 정신을 차리고 고개를 들었다. 친구인 치로즈가 보였다. 무스타파는 무릎까지 복어 살점들로 범벅이 돼있었다. 눈동자와 얼굴도 새빨개져 있었다. 치로즈가 놀라서 말했다. "이런, 세상에. 무슨 일이야, 무스타파? 모두 널 걱정하고 있어. 우리도 바다에 나왔다가 널 발견했지, 뭐야. 이게 무슨 꼴이야, 믿기지 않네."

"상관하지 마. 네가 무슨 상관이야. 날 내버려 둬. 꺼지란 말이야." 무스타파가 고함을 질렀다.

"무스타파, 네 꼴이 말이 아니야. 다른 친구들도 오고 있어." 치로즈의 말을 듣고서 듣고서야 무스타파는, 점점 가까워지는 모터 소리를 들었다. 다른 고깃배들이 그들 곁으로 배를 붙이고 있었다. "널 이렇게 내버려 둘 순 없어. 정신 차리고 말 좀 들어. 어서 내 배로 건너와. 어차피 너 혼자 우리 모두를 상대하진 못해."

그 순간 무스타파에게 엄청난 무기력감이 덮쳤다. 그는 두 팔을 축 늘어트렸다. 그냥 두면 그 진창이 된 바닥에 쓰러질 것 같았다. 치로즈는 자신의 배를 바짝 붙였다. 그는 연약한 체구로도 한 발을 무스타파의 배에 걸치고 팔을 잡아 무스타파를 자기 배로 옮겨 태웠다. 그리고 바닥에 앉혔다. 치로즈는 곧장 배를 몰아 그곳을 떠났다. 무스타파의 배는 무슨 방법을 써서라도 친구들이 끌고 올 것이라 걱정할 건 없었다. 무스타파는 배 뒷전에 앉아서 바닥만 응시하고 있었다. 치로즈는 무스타파에게 물병을 건넸다. "자네 얼굴이나 닦아. 이런 모습을 딴 사람들이 보면 어쩌려고 그래. 게다가 이 물고기에는 독이 있는 거 아니었어?"

무스타파는 아무 대꾸도 하지 않고 듣고만 있었다. 그리고 물병을 받아서 얼굴을 씻었다. 피범벅이 된 얼굴과 눈을 닦아냈다. 그리고 꼼짝 않고 앉아있었다. 숨소리조차도 내지 않고 멍한 채로 있었다. 치로즈는 마을에 도착한 뒤 호기심에 찬 사람들의 눈길을 뚫고 무스타파를 끌다시피 데리고 갔다. 요기라도 시키고, 정신을 차리게 하려는 생각에서였다. 하지만 그럴 겨를도 없이 무스타파는 침대로 몸을 내던졌고 이내 깊은 잠에 빠졌다. 치로즈는 이불을 덮어주고 무스타파의 집에서 나왔다. 메수데에게 괜한 연락은 하지 않았다. 온 마을 사람들이 이들 부부 사이에 문제가 생겼고, 아내가 친정으로 갔다는 걸 알고 있었다.

다음날, 메수데는 아기를 안고 덫에 걸린 작은 새마냥 날뛰는 심장박동을 억누르며 병원으로 향했다. 그녀는 곧바로 5층으로 올라갔다. 병실로 들어가기 전에 메수데는 싸미르 데니즈에게 마지막으로 입을 맞췄다. 그리고 병실에 있는, 가엾은 여자가 어리둥절해하고 있을 때 아기를 그녀 품에 안겨줬다. 그녀의 동공이 커졌다. 믿지 못하겠다는 듯 아기를 바라봤다. 메수데의 눈과 마주치자 그녀는, 뭔가 물어보려는 듯 메수데에게 손을 뻗었다. 환자복 소매 사이로 짙은 피부색에 뼈가 앙상할 정도로 가냘픈 팔이 나왔다. 그 팔은 아기를 찾지 못해 애가 타들어가던 육체에서 솟구쳐 나오는 구원과 감사의 환호였다. 메수데는 그 소리 없는 환호성을 들을 수 있었다. 오로지 메수데에게만 들리는 환호성이었다. 메수데는 두려움에 몸을 떨었다.

밀려드는 후회와 행복감이 교차했다. 메수데는 아무 말 없이 도망치듯 병실을 빠져나왔다. "싸미이이르." 절규하는 듯한 그녀 목소리가 복도까지 들렸다. 메수데는 뛰다시피 계단을 내려갔다. 뜨거운 태양 아래에서 목적지도 없이 걸었다. 걷고 또 걸었다. 메수데는 아무 생각도 할 수 없었다. 읍내의 낯선 동네, 처음 보는 집의 낮은 담장에 걸터앉았다. 몇 시간 동안 그렇게 있었다. 한참을 그러고 나서야 마을버스를 타고 엄마에게 가야겠다는 생각이 들었다.

다음 날 아침이었다. 무스타파는 집에서, 메수데는 엄마 집에서 치안군에 의해 연행되었다. 치안군은 두 사람을 트럭 뒤에 마주보도록 앉혔다. 그들 옆에는 치안군 병사가 한 명씩 앉았다. 덜컹거리는 트럭을 타고 가는 동안, 부부는 눈도 마주치지 않았다. 마을 사람들은 길 양쪽으로 늘어서 놀란 눈으로 연행되는 그들을 바라보며 걱정과 험담을 귓속말로 주고받고 있었다. 하지만 두 사람은 바닥만 바라보고 있어서 마을 사람들을 보지 못했다.

난생처음으로 받는 검찰 조사에서 메수데는 그간의 일에 대해 상세하게 진술을 했다. 그녀는 무스타파한테 모든 책임을 전가하지 않았다. 자신도 사건에 가담했다고 진술했다.

무스타파는 끝이 없는 나락에서 뒹구는 것 같은 공포를 경험했다. 그리고 수차례 거짓 진술한 것에 대한 검사의 험악한 취조 앞에서 비참할 대로 비참해졌다.

결국, 검사는 두 사람 모두에게 유괴와 불법 감금, 허위진술 등 수많은 죄목으로 구속영장을 신청하고 정식 기소했다. 빠르게 진행

된 법원 영장 실질심사에서 메수데는 불구속 결정을 받고 풀려났고,
무스타파는 구속 결정과 동시에 구치소에 수용됐다.

무스타파는 구치소로 이동하는 동안 또다시 이해할 수 없는 현상을 경험했다. 마치 다른 누군가에게 이 모든 일이 벌어졌고, 무스타파 자신은 그걸 외부에서 지켜보고 있는 것 같았다. 양 볼은 푹 꺼지고 깡마른 얼굴을 한 신입 수감자를 본 교도관은 "죄목이 뭐야?"라고 무스타파에게 물었다. 그는 "나도 몰라요." 답했다. "모른다니, 그게 무슨 말이야? 무슨 짓을 했기에 여기까지 왔냐고?" 교도관은 다시 물었다. 무스타파는 어깨를 으쓱 올렸다. "아무 짓도요." 교도관은 무스타파의 말에 화가 났다. 그는 혼잣말로 중얼거리며 쇠창살 문을 열더니 무스타파를 안으로 밀어 넣었다. "아무 짓도 안 했다고. 그럼, 휴양지에 놀러 왔나 보네." 교도관은 햇볕에 그을려서 말린 가죽처럼 주름 잡힌 얼굴과 손등 그리고 먼 산을 보고 있는 것 같은 초점 없는 눈동자만으로도 무스타파가 어부라는 걸 단번에 알 수 있었다. 왠지 몰라도 바닷사람들은 그렇게 이상한 면이 있었다. 교도관 생활을 하면서 그도 그 사실을 알게 되었다.

작은 방에 있던 수감자 네 명은 새로 들어온 무스타파에게 "어서 오시게. 알라신이 형제를 구원해주길." 하는 인사말을 건넸다.

무스타파는 그들이 가리킨 이층침대로 가서 앉았다. 수감자들은 차를 끓여 방 한가운데에 있는 작은 나무 테이블에 모였다. 그들은 무스타파에게도 차를 권했다. 무스타파가 보기에 피해를 줄 사람들은 아닌 것 같았다. 그들 중 한 명을 제외하고는 모두 무스타파 또래 나이였다. 하지만 여우를 닮은 외모에 좀 나이가 있어 보이는 한 사람에게는 전혀 신뢰가 가지 않았다. 사기꾼 같은 기질은 얼굴에도 드러났다. 이리저리 굴리고 있던 반짝이는 두 눈은 작았고, 미간은 좁았다. 어쩔 수 없이 죄를 지어 이곳에 들어온 사람이 아닌 건 분명했다. 구치소 생활이 몸에 익은 사람이었다. 누구든 구치소에 들어오면 첫 번째로 받는 질문을 무스타파도 받았다.

"형제, 어쩌다 여기에 들어온 거요?"

"모르겠소. 나는 그냥 어부요."

"그래도 고기 잡는 게 불법은 아니잖소."라고 한 사람이 말했고, 다들 그 말에 웃었다.

"당연히 아니지. 바다에서 시신을 발견했다오. 난민들 시신였소. 아마도 돌풍이 고무보트를 전복시켰나 봐요."

이 말에 눈이 작은 남자가 반응했다. "이런. 우리 배가 침몰하면서 바다에 빠진 사람들인가?" 이 말을 들은 모두가 그를 향해 시선을 돌렸다.

무스타파는 "당신이 그 불쌍한 사람들을 밀입국시킨 거요?"라며 물었다.

"그래요. 그게 내 일이었소. 그런데 가끔 그런 재수 없는 일이 벌어지기도 하지."

다른 수감자 중 한 명은 교통사고로, 다른 한 명은 계약 위반으로, 또 다른 한 명은 땅 주인을 위협했다는 죄목이었다. 모두 전문적으로 범죄를 일삼는 사람들은 아니었다. 그러나 눈이 작은 남자는 달랐다. 그는 범죄가 직업인 사람이었다. 자기 자신도 그런 말을 했다. 숨기려 하지도 않았다. "여기 여러 번 들어왔지. 우리 일이라는 게 그런 것이니까." 바다에 있던 시신들이 무스타파의 눈에 어른거렸다. 무스타파는 그 자에게 분노를 느껴야 했지만, 무엇 때문인지 몰라도 아무 상관도 하고 싶지 않았다.

그는 비난 섞인 말투로 "진짜 문제는 위에 있는 사람들이야."라며 이야기를 계속 이어갔다. "어떨 때는 난민들 이동을 허용해 준단 말이야. 우리가 하는 일도 눈감아 주고. 그러다가 갑자기 금지하는 거지. 정치 상황에 따라서 그러는 거야. 중간에서 피해는 당연히 우리가 보는 거지."

"난민들도." 수감자 중 한 명이 말했다.

"물론. 그 사람들도 안됐지만, 어떻게 해. 이스탄불에서 우리가 고무보트를 사 오거든. 그게 7~8천 불 정도 해. 물론 다른 비용도 있지. 정부에서는 모든 걸 보고만 있어. 거기서 그치는 게 아니라, 오히려 장려한다니까. 그래서 우리는 모든 준비를 다 해놓지. 그러다 느닷

없이 새로운 정책이 나와. 금지라는 거야, 이동금지." 그는 마치 경제 위기에 대한 불만을 털어놓는 기업인처럼 이야기했다. "그래도 한 번은 몇 명을 그리스 해안까지 데려다주는 데 성공했지. 그거로도 비용이 다 빠지더라고. 그렇다 보니 사람들을 고무보트에 쑤셔 넣고는 바다로 내보내는 거야. 대부분 그리스 해안경비대를 피해서 그리스 섬 중에서 인적이 드문 바닷가에 내려놓지. 가끔은 돌풍이 일기도 하는데, 바다가 그런 거지 뭐. 어떻게 될지 아무도 모르는 거야."

무스타파는 물었다. "어째서 그렇게 자주 고무보트가 침몰하는 거요? 너무 많이 태워서 그런 거 아니요?"

그는 고개를 숙이며, "맞아. 솔직히 말해서 누가 됐든 우리는 태우지. 정원을 초과해도 보트에 더 태우는데, 그렇게 해야 돈을 벌어. 들어간 비용은 뽑아야지."라는 변명을 했다. 그는 무스타파의 얼굴을 바라보고는 계속 말을 이어갔다. "매번 성공하지는 못해. 어떤 날은 그리스 경비정이 고무보트를 우리 해역으로 밀어내. 하지만 우리나라도 받아주지를 않아. 그렇게 사람 목숨을 두고 두 나라가 실랑이를 벌여."

"이번에 일어난 사건은 어떻게 된 거요?" 무스타파가 물었다.

그는 한숨을 내쉬며 말했다. "큰 사고가 벌어진 거지. 파키스탄인, 아프가니스탄인, 아프리카인…. 난민들이 너무 많았어. 고무보트가 겨우 앞으로 나갈 수 있을 정도였으니까. 해변에 막 닿으려던 참에 그리스 경비정에 발각된 거야. 사람들을 육지에 못 내리게 하더니, 보트를 튀르키예 해역으로 끌고 갔어. 어디로 가야 할지, 어떻게 해야 할지 모르는 상황이 돼버린 거지. 우리는 다른 섬으로 가보려고 다시 시도했어. 밤이 되니 바람이 거세지더군. 인근 다른 섬에는 사람들을 내려줄 만한 해변이 없었어. 상황이 그렇다 보니 보트에 있던 사람들이 불안해하기 시작했고, 한 아기가 울어대더군. 그리고 여자들이 비명을 지르기 시작했지. 다들 공황상태에 빠진 거야. 상황이 더 심각해졌지 뭐야. 우리가 침착하라고, 앉으라고 했지만, 공포를 느끼기 시작한 사람들은 말을 듣지 않았어. 그리고 거세진 바람이 보트를 향해 몰아쳤고, 그렇게 뒤집힌 거야."

"구명조끼는 없었소?"

"있었지. 구명조끼 덕에 목숨을 구한 사람도 있었고, 섬까지 간 사람도 있었을 거야. 물론 한밤중에 실종된 사람들도 있고. 대부분은 그 구명조끼조차도…. 운명이지 뭐. 그 사람들 목숨이 거기까지였던 거지."

무스타파는 그 작자에게 너무 화가 났지만, 탈진한 것 같은 무기력감 때문에 손발을 움직이기도 힘들었다.

무스타파가 "그럼 아기는?" 하고 묻자 "어떤 아기를 말하는 거요?"라고 그가 되물었다.

"아기 하나가 구조되었다고 들었소만."

"아, 위대하신 알라신이시여." 그의 얼굴에 미소가 번졌다. "굳이 누군가가 죽이려 들지 않으면 사람은 쉽게 안 죽는 거야. 그 아기가 살아있다는 거네. 이건 알라신께서 보여주신 기적이야. 아기는 아직 죽을 때가 안 됐던 거야. 젊은 여자가 있었는데 아기와 함께 탔었지. 가끔 천을 둘러쓰고 아기에게 젖을 물리더라고. 그 여자는 작은 어린이용 고무보트를 가지고 있었어. 꼬마들이 물놀이 할 때 가지고 노는 그런 보트 말이야. 배가 침몰한다는 걸 알고 다들 어떻게든 살아남으려고 발버둥 칠 때였어. 그 순간도 그 여자는 아기를 높은 테두리가 있는 빨간색 작은 보트 안에 넣고 끈으로 묶고 있더라고. 작은 보트를 잡고 그 여자도 바다로 뛰어내렸어. 내가 마지막으로 본 건 그녀가 작은 보트를 바다에서 밀고 있던 모습이었거든. 그러다 어둠 속으로 사라졌어."

수감자들은 그의 이야기를 듣고 놀라움을 감추지 못했다. 그리고 수천 명이나 되는 난민들이 어떻게 여기까지 오게 된 것이냐고 그에게 물었다.

그 남자가 해준 이야기는 우리가 전혀 알지 못했던 세상의 이야기였다. "아프리카에서 온 사람들은 우선 이란으로 반드시 가게 되어 있어. 아프가니스탄, 파키스탄과 같은 나라에서 전쟁을 피해 도망 나온 사람들은 모두 이란을 통해서 오는 거야. 튀르키예에 있는 사장이 이란에 있는 브로커들과 통화를 해. 그러면 브로커가 난민 무리를 이끌고 오는 거지. 며칠 동안 걸어서 산을 넘은 다음, 우리 국경으로 데려오는 거야. 어떤 경우에는 경찰이나 군에 발각되기도 하지. 발각되면 모두 흩어져서 산속에 도망가 숨어버려. 대부분은 산에서 늑대밥이 되거나 추위에 얼어 죽어. 무사히 국경을 넘은 사람들은 여기 사장 사람들에게 인계되지. 그리고 우리가 폐가라고 부르는 큰 집에 모두를 집어넣어. 운이 좋으면 따뜻한 음식을 먹을 수 있긴 한데, 거기서 얼마나 기다려야 할지는 모르는 일이야. 그리고 때가 되면 우리가 그 사람들을 데리고 그리스 해변까지 가는 거지. 아주 거대한 국제적인 사업인 셈이야. 엄청난 돈이 도는 사업이지."

밤이 되었고 무스타파는 침대에 몸을 맡겼다. 그리고 곧바로 깊은 잠에 빠졌다. 얼마나 깊이 잠들었는지, 그는 아무 소리도 듣지 못했다. 꿈도 꾸지 않았다. 육체에서 영혼이 빠져나간 것처럼 무스타파는 자고 또 잤다. 아침이 되면서 같은 방 수감자들이 나누는 대화 소리, 트랜지스터라디오에서 나오는 노랫소리, 교도관이 외치는 소리, 구치소 밖에서 울리는 구청 공지 방송도 들려왔다. 하지만 그 어떤 소리도 무스타파를 깨우지 못했다. 메수데도 생각나지 않았다. 그는 종종 이랬다. 그렇게 건강한 사람이 바다 한가운데 솟아 있는 바위나 암석처럼 꼼짝하지 않았다. 그런데 이번에는 색다른 경험을 했다. 잠에서 깨기 직전, 무스타파는 뱀이 자신의 다리를 무는 꿈을 꾸었다. 모든 장면이 어릴 때 실제로 겪었던 사건과 일치했다.

무스타파는 친구 둘과 함께 인질리프나르^{İncilipınar} 맞은편에 있는 무인도로 갔다. 섬 꼭대기에 있는 아마도 수백 년은 사용하지 않은 것 같은 폐허가 된 수도원으로 향했다. 섬은 관목들로 뒤덮여 있었고, 길도 없었다. 세 친구는 관목과 잡초들 사이를 헤쳐가며 앞으로 나아갔다. 꼭대기에 다다랐을 즈음, 반점이 있는 녹색 뱀이 무스타파의 다리를 감았다. 무스타파는 비명을 질렀고, 손에 든 막대기로 뱀을 내리치기 시작했다. 뱀은 관목들 사이로 사라졌고, 무스타파는 다리에 통증을 느꼈다. 다리가 타들어 가는 느낌이었다. 뱀이 발목 부근을 문 것 같았고, 두 친구는 무스타파를 급히 해변으로 데려가 배에 눕혔다. 이을마즈는 뱀에 물린 곳 바로 위를 천으로 꽉 조여 맸다. 그리고 재빨리 노를 잡았다. 이을마즈는 노를 저으면서 근처에 있는 마을 사람들을 향해 소리를 질렀다. "뱀에 물렸어요! 뱀에 물렸다고요."

무스타파는 창백해졌고 땀을 흘렸다. 해변에 도착하는 데까지는 길어야 5분 정도였다. 하지만 그사이에 열이 오르면서 의식이 혼미해졌다.

세월은 흘렀고, 이 사건은 오래전 일이 되어버렸다. 세 친구는 그날 일을 기억하고 있었다. 고함을 쳐서 사람들에게 알리기를 잘했다고 이야기하곤 했었다. 다행히도 쥬베이데 부인이 친구들이 지르는 고함을 듣고 바로 독당근풀을 가져왔다. 뱀독을 빨아내고 상처를 소독한 다음 독당근풀로 상처를 감쌌다. 사실 마을의, 거의 모든 노인은 산과 들에 있는 약초가 어디에 쓰이는지 알고 있었다. 이을마즈는 무스타파의 어깨를 붙잡고 흔들면서 소리쳤다. "일어나. 일어나, 무스타파. 자면 안 돼. 뱀에 물린 뒤에 잠들면 위험해."

무스타파는 그 순간 눈을 떴다. 어깨를 흔들면서 자신을 깨우는 사람이 누군지 처음에는 알아보지 못했다. 하지만 곧 자신이 있는 곳은 구치소며, 어깨를 흔들며 자신을 깨우고 있는 사람이 그곳에서 알게 된 사람 중 하나라는 걸 깨달았다. "변호사가 왔소. 당신을 보자고 한답니다. 자, 이제 일어나야지."

무스타파는 겨우 정신을 차린 다음 세수를 했다. 교도관이 와서 그를 접견실로 데려갔다. 젊고, 큰 키에, 안경을 쓴 변호사가 접견실에서 그를 기다리고 있었다. 검사가 구속영장 신청과 함께 무스타파를 법원으로 넘겼을 때 만났던 변호사였다. 그는 자신을 무을라^{Muğla} 변호사 협회에 소속된 변호사라고 한 번 더 소개했고, 자신의 이름도 무스타파에게 다시 알려줬다. 하지만 정신이 없던 무스타파는 이번에도 변호사의 이름을 제대로 듣지 않았다. 젊은 변호사는 좋은 사람 같아 보였다. 무스타파는 변호사비를 내야 하는지를 먼저 변호사에게 물었다. 그에게는 변호사비를 낼 만큼의 여유가 없었다. 사실 오랫동안 바다에 나가지도 못했으니 당연한 일이었다.

"아니요." 변호사는 미소를 지으며 답했다. "지난번에도 말씀드렸듯이 돈을 내지 않으셔도 됩니다. 변호사 협회에서 저를 보낸 겁니다."

이 말에 무스타파는 안도하며 말했다. "잘됐네요."

"사실 아주 심각한 사건은 아닙니다. 선생님은 좋은 의도로 하신 일이셨고, 아이의 생명도 구하셨습니다. 게다가 도주나 증거 은닉에 대한 우려도 없으시고요. 거주지도 분명한 어부시잖습니까. 제가 보기엔 검사가 기소중지 결정을 내릴 수도 있습니다만…" 변호사는 말을 멈추며 가볍게 미소를 지었다. 무스타파는 그 뒤에 할 말이 궁금하다는 듯 변호사를 바라봤다. 변호사는 친구에게 비밀을 말하듯 조용히 말했다. "전에 진술하면서 검사의 심기를 건드리신 게 분명해 보입니다. 하지만 선생님은 7일 이내에 구속 결정에 이의를 제기할 수 있는 권리가 있습니다. 제가 이의를 제기할 겁니다. 제 생각에 이 사건은 형법 제30조 4항이 적용되어야 합니다."

"그 조항이 뭡니까? 변호사 양반. 벌금 같은 게 아니길!"

"아닙니다." 변호사가 이번에도 웃으며 답했다. "불가피한 과실로 인해 범죄행위가 성립되었을 경우, 처벌하지 않는다는 조항입니다. 이번 사건에서 선생님은 아기의 생명을 구하셨습니다. 동시에 아기를 데리고 있는 것이 불법이라는 것을 인지하지 못해, 불가피한 과실을 범한 게 됩니다. 걱정하지 마세요."

어부는 한 아기의 생명을 구했는데 그게 어떻게 과실이 되는지 이해가 되지 않았다. 단지 "알라신의 은총이 있기를!" 하고 기도할 뿐이었다.

무스타파는 현기증이 났다. 변호사가 "선생님의 아내" 하며 말을 시작하자 더 어지러웠다. 아무것도 생각하고 싶지 않았다. 구치소 방으로 다시 돌아오자 사람들은 무슨 일인지 물었다. 무스타파는 간단히 상황을 설명했다. 그리고 그들이 준비해 놓은 토스트와 차를 먹었다. 무스타파는 그들에게 고맙다는 인사를 하고 다시 침대에 누웠다. 마치 무스타파의 머릿속에서 생각이라는 것들이 순식간에 다 사라져버린 것 같았다. 생각과 기억이 자신에게 위험하다는 걸 무스타파는 본능적으로 느꼈고, 그것들로부터 도망치려 하고 있었다. 그렇게

라도 하지 않으면, 지금 빠져 있는 이 시커먼 구렁텅이가 자신을 삼켜버릴 것만 같았다.

그 구렁텅이가 두려우면서도 다른 한편으로는 그 암흑 속에 묻혀버리고 싶었다. '어찌 되든 되겠지. 이 모든 게 다 끝나버렸으면 좋으련만.' 무스타파는 고깃배 바닥에서 숨을 쉬지 못해 몸부림치고 꼬리를 바닥에 내리치며 죽어가던 물고기와 자신의 처지가 비슷하다는 생각을 했다. 물은 사람의 숨통을 틀어막지만, 물고기와 같은 생명체가 살 수 있게 하고, 자신을 살아 숨 쉬게 하는 공기는 물고기의 숨통을 조인다. 무스타파는 이해할 수 없었다. 다른 사람들에게는 자식이 행복을 안겨다 주지만, 그들 부부에게는 재앙을 가져다주었다. '데니즈는 몇 달 동안 엄마 배 속 양수 속에서 살았는데도 왜 물에 빠져 죽었을까?' 하는 생각이 불현듯 들었다. 무스타파는 또다시 아들을 떠올리기 시작한 자신을 발견했다. 그리고 가슴 속에서 목구멍으로 치밀어 오르는 공황의 조짐을 느꼈다. 생각을 떨쳐버리고 잠을 자려고 안간힘을 다했다. 마음속에서는 맹금류 한 마리가 날개를 퍼덕이고 있었다.

무스타파가 예전보다 더 과묵해진 것을 본 친구들은 아기를 잃게 돼서 그런 것인지, 아니면 메수데와 별거 중이라서 말수가 줄어든 것인지 가늠할 수가 없었다. 무스타파가 구치소에서 나온 뒤로 친구들은 그를 자기들 무리에 끼워주었다. 해변에서 함께 라크를 마셨고, 조금이나마 그를 즐겁게 해주려고 노력했다. 하지만 헛수고였다. 법원은 무스타파에게 무죄를 선고했다. 젊은 변호사가 말했던 그대로 모든 게 해결되었다. 그런데도, 무스타파는 유령 인간 같았다. 영혼이 빠져나가 버린 것처럼 보였다. 무스타파는 동이 트기 전에 일어나 곧바로 바다로 나갔고, 정오 무렵 돌아와서 생선을 중간 도매상에게 넘겼다.

보다 못한 마을 어른들이 나섰다. 한 어른은 메수데와 그리고 다른 어른은 무스타파와 대화를 했다. 그들은 두 사람을 화해시킬 수 있는 길을 찾으려 최선을 다했지만, 소용이 없었다. 두 사람 모두 코가 땅바닥에 떨어져도 허리를 숙여 주울 생각은 없었다. 메수데는 특히 더 그랬다.

시간은 흘렀고 마을 사람들은 이런 두 사람에 익숙해졌다. 모든 일과 마찬가지로 두 사람 사이 일도 그저 일상이 되어버렸다. 마을 사람들은 마치 깊은 바닷속에서 따 온 해면 같았다. 고통과 슬픔도 기쁨과 재앙도 다 빨아들인 다음 소화해 버렸다. 그리고 묵묵히 자신들의 삶을 살아갔다. 정말 이해하기 힘든 사건조차도 '당연히'라고 이야기했다. '당연히 그도 아내를 죽였어.', '오두막이 무너졌으니 당연히 거기에 깔려 죽었지.', '그 녀석이 여자를 데리고 도망간 건 당연한 거야.' 이 '당연히'들이 모든 사건을 너무도 자연스럽게 받아들이게 했다. 어떤 것도 놀랄 만한 일이 아니었고, 모든 게 그저 자연스러운 일이었다.

바다에서 더는 시신이 발견되지 않았다. 하지만 다른 어부들이 바다에 쳐놓은 그물에 걸려 죽어있던 돌고래를 끌어 올린 적은 있었다. 무스타파 자신도 왜 그 돌고래를 끌어 올렸는지는 알 수 없었다. 그물을 잘라내고 물 밖으로 끌어 올리기만 하면 살릴 수 있을 거라고 기대했었는지도 모른다. 하지만 그 아름다운 생명체를 살리는 건 불가능했다. 돌고래는 검은 물속으로 사라졌다. 무스타파는 한참 동안 돌고래가 사라진 곳을 응시했다. 그는 삶과 죽음 그리고 사랑이라고 일컬어지는 묘한 것들에 관해 생각했다. 복어에 대한 분노도 이젠 잦아들었다. 모든 분노가 사라졌다. 갈매기는 마치 이 모든 걸 알고 있는 듯 무스타파의 배 위에 내려앉았다. 갈매기는 무슨 생각을 하고 있는지 알 수 없는 무표정한 눈동자로 여기저기 살폈다. 무스타파는 갈매기에게 빵을 던졌다. 갈매기는 공중에서 빵을 낚아챘다. 그 뒤로도 무스타파는 종종 이렇게 갈매기에게 빵을 던져줬다. 이렇게 무스타파 곁에 새로운 친구가 생겼다.

무스타파는 코발트색 바닷물이 배에 부딪혀 하얀 거품과 함께 철썩 소리를 내며 부서지는 것을 멍하니 보고 있었다. 마치 바다 밑바닥에 뭐가 있기나 한 것처럼 눈을 떼지 않았다. 그리고 천천히 배 난간을 붙잡으며 바다로 들어갔다. 턱에 물이 닿을 때까지 들어간 뒤 배를 잡고 한참을 그렇게 있었다. 무스타파는 손을 놓고 바다의 달콤한 냉기 속으로 자신이 사라져버리는 걸 상상했다. 쉬운 죽음이었다. 목적 없는 삶에 걸맞은 최후. 전혀 무섭지 않았다. 손을 놔버리면 해방이었다. 그런데 뒤통수에서 그러면 안 된다는 소리가 들리는 것 같았다. 들려오는 목소리에 '왜?' 질문을 던졌다. '왜 하면 안 돼? 뭐 어때서?' 그러면 안 된다는 소리가 윙윙거리며 끈질기게 귓가에 맴돌았다. 그런 짓은 '죄악'이라고 소리치는 것 같았다.

무스타파는 자신이 물속에서 얼마나 오래 있었는지 깨닫지 못했다. '한 시간인지, 아니면 두 시간인지, 아니면 더 오랫동안 있었나?' 무스타파를 향해 다가오는 모터 소리는 이젠 죽기에 너무 늦었다는 걸 알려주는 경고음처럼 귓전을 때렸다. 죽는 것조차도 제대로 해내지 못했다. 배 위에 그가 보이지 않자 무스타파의 행동을 주시해 오던 친구들이 걱정스러워 달려온 게 분명했다. 자신이 원했든 원하지 않았든, 무스타파는 배 위로 올라올 수밖에 없었다. 그는 젖은 옷을 입은 채 배 위에 드러누웠다. '사실 수영을 잘하는 사람이 바다에 빠져 자살할 수 있을까? 자살을 결심했다고 해도, 몸이 그 결심에 따라 줄까? 그게 가능하다면, 잠자리에 누워서 숨을 참고 자살할 수도 있겠지.' 그는 그런 무의미한 생각을 하고 있었다. 쓸데없이 몇 시간 동안 물속에 있었던 것이었다. 무슨 생각을 했었든 간에 배를 붙잡았고 지금은 살아있었다.

무스타파는 조금 전 배를 붙잡고 있던 지점을 보았다. 배가 꽤 많이 밀려 나가있었다. 조류에 배가 멀리 떠내려가고 있었다. 유수프는 소리쳤다. "이봐, 그리스로 망명이라도 가려는 거야? 그 꼴이 뭐야? 그리스 경비정이 올 뻔했어." 무스타파는 대답하지 않은 채 모터를 켜고 방향타를 마을 쪽으로 꺾었다.

집에 있을 때면, 메수데의 작고 가느다란 흰 손으로 직접 심은 재스민에서 풍기는, 톡 쏘는 듯한 황홀한 향기가 무스타파의 마음을 가장 아프게 했다. 메수데의 손은 복이 있는 손이었다. 뭘 심어도 잘 자랐다. 메수데는 재스민이 담장을 타고 올라가도록 가꿨다. 재스민에서 하얀 꽃이 피면 그녀는 넋을 잃고 그 꽃을 바라보곤 했었다. 무스타파는 예쁜 꽃들에 정성을 쏟는 아내를 바라보고 있는 게 좋았다. 어느 날, 꿈속에서나 나타날 법한 가녀리고 우아한 모습으로 메수데가 재스민을 만지는 장면을 본 적이 있었다. 무스타파는 "꽃을 만지는 모습이 꽃보다 더 아름다워." 하며 감탄했었다.

지금은 잔잔한 우물에 돌을 던진 것처럼 그 재스민 향기가 무스타파의 마음에 파동을 일으키고 있었다. 메수데는 떠나고 없지만, 마치 또 다른 메수데를 집에 남겨두고 간 것 같았다. 무스타파는 "낚싯줄은 끊어졌고, 물고기는 바다로 사라졌어. 다시는 잡지 못할 거야."라고 혼잣말을 했다. 어느 날 밤, 무스타파는 침대에서 한참을 뒤척이다가 정원으로 뛰쳐나갔다. 재스민을 뽑아버리고 싶었다. 물론 그렇게 하지는 못했다. 밤의 습기를 머금은 요염한 자태의 재스민 꽃에 손이 닿자, 마치 메수데 살갗에 손이 닿는 느낌이었다. 뽑아버리고 싶지 않았다. 그 꽃이 메수데와 자신을 이어주는 마지막 연결고리였다. 무스타파는 아내 손길마저도 그리웠다. 아기는 생각지도 않으려고 노력했다. '아기는 어디에 있지? 어떻게 지낼까? 누가 돌보는 걸까?' 머릿속에 질문이 쏟아져 나오기 시작하자 무스타파는 바로 잠을 청했다. 그리고 어둡고 신비스러운 꿈의 세계로 빠져들었다. 이젠 요일도 헷갈렸고 몇 번째 주인지 몇 월인지도 혼란스러웠다.

할아버지, 할머니 때부터 외부의 도움 없이 스스로 자립해서 살아온 이곳 마을들에선 바다, 산, 숲이 누구 소유인지에 대해서는 생각지도 않았다. 몸을 뉠 수 있는 작은 집과 마당은 자신들 소유였지만, 그걸 제외하고는 신의 것이었다. '자연과 공기, 물을 누가 소유를 주장한단 말인가?' 그런데 소유할 수 있는 것이었다. 마을은 육지와 바다, 하늘로부터 침략을 받고 있었다. 마을 사람들은 한꺼번에 들이닥친 이 모든 침략을 그냥 지켜볼 수밖에 없는 운명이었다. 마을 사람들에게 익숙한 세상은 그런 게 아니었다. 바다는 누구의 소유도 될 수 없었다. 공기, 숲, 산, 바위 사이로 떨어지는 하얀 포말을 품은 폭포, 돌 틈 아래에서 솟아나는 샘은 소유할 수 있는 것이 아니었다. 이 모든 것들은 알라신의 은총이었다. 그러나 멀리서 몰려온 외부인들은 느닷없이 마을 곳곳을 침략해 왔다.

무스타파는 도저히 이해할 수가 없었다. 바다를 소유한 양식장들은 협만에 악취를 풍겼고, 바닷물을 더럽혀 가며 수백만 마리의 물고기들로 채워진 감옥을 만들었다. 무스타파는 그 근처로는 이제 갈 수가 없었다. 그런 양식장을 받아들이기 힘들었다. 친구들도 같은 마음이었다. 어린 시절에 보았던 유리같이 맑은 물은 이제 구정물이 되어 버렸다. 바닥에서는 갯벌이 일어 뿌예졌고, 조류마저 막아버려 바다가 마치 호수로 변해버린 것 같았다. 지독하고 메스꺼운 악취는 덤이었다. 물고기를 양식하기 위해 어떤 화학물질과 약품을 사용했는지 모를 일이었다. 수 톤이나 되는 화학물질들이 바닥에 가라앉아 바다를 죽이고 있었다.

법에 따르면, 양식장은 협만이 아니라 원해에 설치해야 했다. 하지만 그걸 누가 지킬까? 돈을 주면 뭐든지 할 수 있었고, 원하는 곳에 양식장을 지을 수 있었다. 모두 외부인들의 짓이었다. 그들 모두에게Ege 지역 사람이 아니었다. 마을을 방문했던 기자들에게 몇 번이나 설명하고, 지자체에도 진정서를 보냈다. 신문에 기사화되긴 했지만, 누구 하나 관심을 두지 않았다. 그런 보도나 진정서는 아무 소용이 없었다. 마을 사람들은 바다가 천천히 죽어가는 것을 지켜보는 것 외에 할 수 있는 게 없었다. 게다가 다른 바다에서 유입된 물고기들까지 말썽이었다. 외부인과 이 물고기들은 서로 닮아있었다. 둘 다 파괴적이었고 말살을 일삼았다.

광산회사는 숲에 눈독을 들였다. 숲 사이로 나무를 베고 길을 냈다. 광산을 개발한다는 핑계로 파헤쳐 놓지 않은 곳이 없었다. 특히,

그중 한 회사는 금광 개발 과정에서 청산가리를 사용했다. 그 사실이 밝혀지자 마을 사람들은 크게 분노했다. 그 독극물은 지하수와 섞일 테고, 마을 주민과 가축을 해칠 게 뻔했다. 이런 개발에 반대하는 시위도 있었고 진정서도 제출했지만, 역시나 결과는 없었다. 광산회사는 정부로부터 떡하니 허가를 받아냈고, 광산회사에 고용된 무장 경비원들은 광산 부근으로 사람들이 접근하는 것을 막았다. 마을 여자들은 매일같이 광산회사에 저주를 퍼부었다. 산과 하천 그리고 숲은 다시 이전으로 되돌릴 수 없을 것이라며 광산회사가 망해버리라고 저주했다. 이 저주를 듣고 시위에 참여했던 사람들은 조금이나마 후련함을 느꼈다.

멀리서 온 적들이 비단 이들뿐만은 아니었다. 마을 앞 협만 오른편에 자리한 숲에 대형 호텔을 건설할 것이라는 발표가 있었다. 벌써 숲에 있던 나무를 베어내고 길을 내기 시작한 모양이었다. 불도저들이 온종일 숲을 밀고 다니고 있었다. 결국에는 숲을 이루고 있던 모든 나무가 잘려나갈 것이다. 건설업자들은 그곳에 별장들이 들어서고, 호텔이 건설될 것이라고 했다. 마을 사람들에게는 일자리가 제공될 것이라고 주민들을 회유했다.

하루는 대도시에서 공부하는 대학생들이 마을을 찾아왔다. 무분별한 벌목과 청산가리 사용에 반대하는 플래카드를 손에 들고 며칠 동안 시위를 벌였다. 마을 사람들도 학생들의 시위에 동참했다. 하루이틀은 아무도 시위를 제지하지 않았다. 하지만 얼마 지나지 않아 치

안군이 시위대 앞을 막아섰다. 치안군은 무자비하게 시위대를 해산
시켰다. 학생들을 진압봉으로 진압해 체포했고, 군용 트럭에 태워 연
행해 갔다. 마을 사람들은 순진한 어린 학생들이 연행되는 모습에 무
척 마음 아파했다.

마을 사람들은 조상들로부터 물려받은 마을, 나무, 벌레, 물, 공
기, 숲, 바다를 자식들에게 물려줄 수 없다는 생각에 괴로웠다.

마을에서 영향력 있는 사람들이 그르디니의 카페 그늘막 아래에
서 모임을 갖기로 했다. 자신들에게 들이닥친 이런 재앙들을 주제로
토의하기로 한 것이었다. 어느 일요일 화창한 오전, 평소에 입지 않
던 외출복으로 차려입은 마을 남녀들이 도착했다. 이 오래된 카페는
해변이 아니라 마을 안 출입구 쪽에 있었다. 카페 앞에는 넓은 공터
가 있어서 큰 마을 행사도 여기서 열리곤 했다.

메수데는 엄마와 함께 그 카페로 들어서면서 사람들로 북적였
던 자신의 결혼식 피로연을 떠올렸다. 화려하게 꾸며놓은 탁자와 의
자들 그리고 행사에서 주로 연주하는 밴드가 자리했던, 장미로 꾸며
진 무대와 넓은 공터 위로 늘어져 있던 전선에 매달린 수백 개의 백
열등, 그 불빛 아래에서 춤을 추고 즐기던 하객들, 끝없이 샘솟는 에
너지로 쉬지 않고 뛰어다니고 손을 맞잡고 빙글빙글 돌던 아이들. 테
이블 위에 준비된 수많은 음식과 반짝이는 라크 잔들, 지금도 상자에
보관해 두고 있는 새하얀 웨딩드레스, 심장 소리가 귀에까지 들릴 것
처럼 뛰던 그날의 흥분, 혼인서약을 받던 공무원 앞에서 "네, 네." 두
번이나 반복했었던 대답, 무스타파의 청록색 눈동자에 서린 사랑과

경이로움 그리고 약간의 당황과 수줍음…, 축제와 같던 그날 분위기가 눈앞에 그려졌다. 이후 겪게 될 자식 잃은 고통과 지옥 같은 형벌에 대해서는 짐작도 못 했던 그때, 집 위를 날아다니는 황금물떼새처럼 마음은 날아갈 듯 가벼웠고 행복했었다. 마치 그 화려했던 순간들이 봄의 향기와 함께 잠시나마 그녀에게 다시 찾아온 것 같았다. 바로 그날 밤 데니즈가 메수데의 자궁으로 찾아들었던 게 분명했다. 창을 통해 비치는 달빛에 대리석처럼 반짝이던 두 나체는 아침이 될 때까지 서로에게 녹아들었고, 서로의 살결을 갈망하며 때로는 거칠고 때로는 다정한 몸부림과 신음으로 보냈던, 태곳적 의식이 치러졌던 그 신성한 밤에 데니즈를 잉태한 것이었다.

추억에 잠겨있던 메수데는 참석자에게 나눠주는 신문 스크랩을 받아보고서야 제정신이 들었다. 손에서 손으로 전달된 신문 기사에는 다른 마을에서 벌어졌던 사건들과 벌써 폐허가 되어버린 내륙 쪽의 숲과 처참한 초원의 광경이 담긴 사진들이 있었다. 숲은 완전히 사라졌고, 어마어마한 크기의 구덩이만 보였다. 석재 회사들이 파헤쳐 놓은 산과 광산회사가 숲을 전쟁터로 만들어놓은 사진들이었다. 이 사진을 본 사람들은 울음을 터트릴 것만 같았다. 단지 그것뿐만이 아니었다. 해변에는 보기에도 흉측한 콘크리트 대형 건물들이 들어서고 있었다. 지금까지 알라신의 축복이라고 생각했고, 주인이 따로 있는 것이 아니라고 생각하고 있었던 모든 곳에 주인들이 나타난 것이었다.

'이 인간들은 복어보다 더 위험해.' 무스타파는 생각했다. 복어보다도 더한 괴물이었고, 더 해로웠으며, 더 파괴적이었다. 무스타파는 자기 자리에서 곁눈질도 하지 않고 신문 기사만 보고 있는 메수데를 멀리서 조용히 지켜보고 있었다. 다른 때였다면, 메수데는 이 문제에 관해 주저리주저리 자기 생각을 무스타파에게 바로 말했을 것이다. 하지만 지금 그녀는 고개를 숙인 채, 엄마에게 뭔가를 설명하고 있었다. 무스타파는 화가 치밀었다. 메수데도 장모도 자기한테 전혀 눈길을 주지 않을뿐더러, 그 자리에 없는 사람처럼 대하는 것을 참기 힘들었다. 무스타파는 화가 나 미칠 것 같았다. 하지만 메수데 곁으로는 가지 못했다. 자신이 있던 자리에서 메수데의 눈길을 받아보려고 안절부절못하고 있었다.

그때, 타흐신 선장이 마이크를 잡고 마을 사람들을 향해 입을 열었다. "상황을 보셨지요. 우리가 반대하고 나서지 않으면 우리도 사라지게 될 겁니다. 조만간에 우리도 재가 돼버릴 겁니다." 마을 사람들은 신문 기사를 보고 공포에 빠졌다. 그리고 어떻게 할 것인가에 대한 토의를 시작했다. 바다와 육지 사방이 포위돼 있었다. 몇 년 전, 화력발전소가 마을에서 꽤 떨어진 곳에 건설되었다. 하지만 그곳에서 뿜어내는 굴뚝 연기가 마을까지 도달한 적이 있었다. 그러니까 하늘도 포위된 것이었다. 어떤 이들은 흥분해서 우리가 저항하고 들고 일어나야 한다고 했다. 하지만 다른 이들은 우리가 그들에 맞서 싸운다고 뭐가 달라지냐고 반문했다.

"정부가 모두 허가했다고 하잖아요, 그 사람들은 뒤가 든든하다고요. 반대하고 나서면 치안군과 경찰이 우리를 싹 쓸어 감옥에 집어넣을 게 뻔해요. 다른 곳에서도 다 그렇게 하지 않았나요?"

치로즈는 자리를 박차고 일어났다.

"다 그렇게 되진 않았어!"라고 소리친 후, 말을 이어갔다. "몇몇 마을들은 금광개발회사를 쫓아냈습니다. 그리고 어떤 곳에서는 올리브나무에 자신을 묶어서 나무를 베어내지 못하게 했고요. 많이 힘들었겠지만, 그들은 막아냈습니다. 우리도 그렇게 해야 합니다. 물러나선 안 됩니다."

무스타파는 치로즈와 같은 테이블에 앉아있었지만, 그의 말이 귀에 들어오지 않았다. 그의 모든 관심과 생각은 장모와 함께 앉아있는 메수데에게 가있었다.

메수데는 모임이 끝날 때까지 한 번도 고개를 옆으로 돌리지 않았다. 곁눈질도 하지 않았다. 그녀는 엄마와 이야기하는 데 열중했다. 모임이 끝나자 모녀는 바로 일어섰다. 무스타파는 메수데가 장모님과 웃으며 이야기를 나누는 걸 지켜보고 있었다. 마을 사람들은 이 모든 상황을 알고 있었다. 모녀는 무스타파의 자존심을 꺾고, 이걸 마을 사람들에게 보여주려고 그러는 게 분명했다. 무스타파는 아내가 너무나 편안하고 아무렇지 않게 행동하는 걸 보고 속이 타들어 갔다. 속에서 불길이 이는 것만 같았고, 화가 끓어올랐다. 뭔가를 꼭 해야만 할 것 같았다. '하지만 뭘 해야 하지? 뭘 해야 한단 말인가?'

가쁜 숨을 쉬며 메수데와 장모님의 뒷모습을 바라보고 있는 친구를 목격한 치로즈는 말더듬이와 유수프에게 눈짓으로 신호를 보냈다. 무스타파는 주먹을 꼭 쥐고 여전히 그녀들 뒷모습만 보고 있었다. 친구들이나 모임을 마치고 흩어진 마을 사람들은 눈에 들어오지 않았다.

유수프는 "이봐, 이 일을 이렇게 놔두면 안 돼. 어디 가서 이야기라도 하자. 계획이라도 세우자고."라고 하자 치로즈가 말을 이었다.

"우리가 마을 청년들이잖아. 그렇잖아? 이건 우리가 해결해야
해."라고 치로즈가 말했다.

"어서, 무스타파!"

무스타파는 "뭘? 뭘 말하는 거야?"라고 물었다.

"뭐라니?"

"뭐가 뭔데?"

"뭐긴 뭐야. 어서 일어나라고!"

"어디 갈 건데?"

"이봐, 친구. 좀 전에 이야기했잖아. 정신을 어디에 두고 있는 거
야?"

"생각 좀 하느라고. 무슨 이야기를 했는데?"

"다 함께 어디든 가서 계획을 좀 세우자고 했어."

"저들과 맞서기 위해서 말이야."

무스타파는 "난 못 갈 것 같아." 했다.

자리에 있던 친구들은 안 된다고 소리쳤다.

"자, 어서." 친구들이 한목소리로 무스타파에게 말했다. "이건 우
리 모두와 관련된 일이야. 마을의 미래가 달렸단 말이야."

"산통 깨지 마, 무스타파!"

친구들은 무스타파를 거의 강제로 자리에서 일으켰다. 그들은 조
만간 호텔이 들어설 것이라고 소문이 난, 해안선 뒤편 무성한 소나
무 숲 사이에 있는 관목 숲으로 향했다. 가는 길에 치로즈가 라크와
견과류 안주를 조금 샀다. 날이 어두워질 때까지 그들은 그곳에서 이

야기했다. 그들이 마주하고 있는 적은 문어처럼 다리가 여러 개였고, 어느 다리에서부터 시작해야 할지 알 수 없었다. 광산회사부터 상대하는 건 지금으로써는 버거웠다. 광산 경비원들은 총으로 무장하고 있었다. 청산가리를 사용하는 금광은 채굴시설을 완비할 때까지 시간이 오래 걸렸다. 그때까지는 시간적 여유가 있었다.

"그럼 가장 좋은 건 우리랑 직접 관련된 것부터 시작하는 거야. 그러니까 바다에서부터 말이야." 치로즈가 말했다.

"어떻게 하자는 거야?" 유수프가 물었다.

말더듬이가 "다다다당-연어언-히히히" 하며 친구들의 인내심을 시험하고 있는 동안, 유수프는 "당연히 양식장부터 시작해야지."라고 말을 끊었다. 말더듬이는 한 번도 자신을 말을 끝까지 듣지 않는 친구의 얼굴을 보며 짜증스러운 표정을 지었다.

이야기 끝에 그들은 가장 큰 양식장에서부터 시작해서 양식장들을 공격하기로 의견을 모았다. 그들은 양식장을 하나씩 하나씩 전부 다 없애버리고, 바다를 구할 계획이었다. 자신들이 하는 행동은 정당하기에 알라신도 도우리라 생각했다. 이런 생각들로 친구들은 들떴다. 술기운 때문에 그들 눈에는 모든 일이 쉬워 보였다. 온몸에 허세가 가득 차올랐다. 그들을 정신 차리게 한 건 "이 친구들 정신이 나갔네." 하고 말을 내뱉은 무스타파였다.

"이게 쉬운 일인 줄 알지? 양식장에도 경비원이 있고, 감시카메라가 지켜보고 있어. 게다가 어떤 양식장은 잠수부들이 잠수해서 양식장을 살핀다고. 양식장에 엄청난 돈이 들어갔단 말이야. 이런 건 다 어떻게 하려고?" 무스타파는 친구들에게 물었다.

세 명의 친구들이 약속이나 한 듯이 잔을 들고, "우리는 널 믿어, 무스타파." 했다. "네가 여기 바다에서 가장 뛰어난 잠수부잖아. 바닷속 암초며, 웅덩이 하나하나까지 다 알고 있고 말이야. 우리가 도와줄 테니, 네가 잠수해. 제일 쉬운 것부터 시작하자."

요즘 들어 엉망진창이 된 무스타파의 삶에서 유일하게 긍정적인 게 있다면 그건 자신에 대해 친구들이 갖는 믿음이었다. 게다가 메수데와 장모가 자신을 경멸하는 듯한 태도를 확인한 후로, 무스타파는 자신이 마을의 구원자가 될 수도 있다는 생각에 마음이 움직이기 시작했다.

메수데가 떠나버린 이후, 마음속으로 자신은 숨쉬고 걸어 다니는 껍데기에 불과하다는 생각이 날이 갈수록 커지고 있었다. 그 공허함이 이젠 견딜 수 없는 지경에 이르렀다. 어젯밤에는 무스타파의 꿈에 결혼식 피로연이 나왔었다. 결혼식 피로연이 열렸던 마을 공터의 백열등 아래에서 메수데가 화려한 웨딩드레스를 입고 다른 누군가와 결혼하는 꿈이었다. 메수데 곁에 있는 사람의 얼굴은 보이지 않았다. 얼굴이 희미했다. 하지만 무스타파 자신은 아니었다. 가까이 가서 살펴보니 입이 상어 아가리 모양이었다. 눈은 사람의 눈이었지만, 입은 상어의 것이었다. 무스타파는 놀라 잠에서 깼다. 베개가 젖어있는 걸 보고 무스타파는 창피함을 느꼈다. 일어나 커다란 물잔 가득 찬물을 마셨다. 사방 벽이 조여오는 것 같아서 더는 집에 있을 수가 없었다.

무스타파는 집에서 나와 고깃배가 있는 곳으로 향했다. 밤의 습기가 맺힌 배의 홋줄을 풀고, 노를 저어 멀리 나갔다. '바다 한가운데'라는 아주 아름다운 민요가 생각났다. 그는 '바다의 한가운데는 어딜까?' 생각했다. '어쩌면 여기일 거야. 보라색 셔츠 뒤에….' 민요를 중얼거리며 무스타파는 낚시를 던졌다. 그리고 습기에 젖어있는 고깃배 바닥에 누웠다. 무스타파는 별을 바라봤다. 별을 계속 보고 있다가 깜빡 잠이 들었다. 무스타파를 깨운 건 뭔가를 긁어대는 소리와 귀에서 느낀 통증이었다. 벌떡 일어났다. 처음에는 그게 무엇인지 알지 못했지만, 나중에 손전등으로 비춰보니 어제 잡아서 던져놓던 브라운 크랩 한 마리였다. 이 브라운 크랩은 맛이 좋아 식당에 비싸게 팔렸다. 무스타파는 자신의 귀를 물었던 게를 집어 들고는 한참을 쳐다봤다. "네 잘못은 아니지. 내가 너였다고 해도 똑같이 했겠다. 어쩌면 내가 네 짝과 널 생이별하게 했을지도 모르겠구나. 자, 잘 가거라."

그리고 무스타파는 게를 바다에 놓아주었다.

무스타파는 배를 묶다가 자신을 향해 다가오고 있는 외메르를 발견했다. 이번엔 외메르 이마에 도장이 보이지 않았다. 그리고 호루라기도 불지 않았다. 무스타파는 외메르의 말을 받아주지 말아야겠다고 생각했다. 기분이 너무 좋지 않았다. 매번 다정하게 맞아주었던 외메르에게마저도 그럴 마음의 여유가 없었다. 한마디로 아이와 놀아줄 기분이 아니었다. 하지만 외메르는 무스타파에게서 떨어질 생각이 없었다. 외메르는 심각한 눈으로 무스타파를 보았다. 외메르의 시선은 무스타파의 가슴팍 정도에 머물러있었다. 행동이 전에 없이 뭔가 이상했다. 물고기 같은 멍한 눈으로 무스타파를 보고 있었다.

"무슨 일이니? 뭔 일이라도 있는 거야?" 무스타파는 걱정스러운 듯 물었다.

"아저씬 당나귀[30]야." 아이가 대답했다.

무스타파는 깜짝 놀랐다. "내가 당나귀라고? 좋아. 그렇다고 치자. 나 지금 바빠, 외메르. 나중에 이야기하자."

아이는 무스타파 앞에서 비켜서지 않았다. "그래, 당나귀야. 그것도 진짜 당나귀. 우리 집 마구간에 있는 당나귀보다 더 당나귀야. 게다가… 게다가 바보야."

'이 아이가 왜 내게 화가 난 거지?'

"외메르, 그래, 난 당나귀야. 그런데 당나귀가 지금은 집에 가야 해. 내일 이야기하면 안 될까?"라며 무스타파는 차분하게 대답했다.

"안 돼!"

"왜 안 돼, 외메르? 무슨 일이라도 있는 거니?"

"그래, 있어."

"무슨 일인데, 어서 이야기 해봐."

무스타파는 아이가 울기 직전이라는 걸 알았다. 이번엔 뭔가 심각한 일이 있는 것 같았다. '자기 엄마한테 화라도 난 걸까? 아니면 어른답지 못한 누군가가 아이에게 상처라도 준 것일까?' 무스타파는 마음이 아파서 아이의 어깨를 쓰다듬었다.

외메르는 "내게 손대지 마. 우리 메수데 누나를 버리고도 부끄럽지도 않아?"라며 무스타파의 손에서 어깨를 빼버렸다.

무스타파는 이 말을 듣고 놀랐다. "메수데 누나를 버렸으니까 아

---

30   역주-튀르키예에서 욕설 또는 모욕적인 표현에 자주 등장하는 동물. 당나귀는
     '지능이 떨어진', '바보 같은' 등의 의미로 주로 사용됨

저씨한테 당나귀라고 하는 거야! 알겠어? 아저씬 당나귀야."

외메르가 메수데를 무척 따랐다는 건 무스타파도 잘 알고 있었다. 외메르가 집에 올 때마다, 메수데는 외메르를 위해서 사다 두었던 과자며 콜라를 아이 앞에 내놓곤 했었다. 외메르는 늘 고마워하는 눈으로 메수데를 바라보며 웃곤 했었다. 한 번은 메수데가 아이의 볼에 입을 살짝 맞췄었다. "이 아이는 천사야. 이 아이는 정말 천사야." 모든 마을 사람들이 아이를 사랑했지만, 메수데의 사랑은 달랐다.

외메르는 미간을 찡그린 채 무스타파에게서 눈을 떼지 않았다. 무스타파는 처음으로 외메르에게 진지하게 대했다.

"내가 버린 게 아니란다, 외메르. 메수데 누나가 스스로 떠난 거야. 메수데가 날 버린 거야."

"무슨 짓을 어떻게 한 거야?"

"아무 짓도 안 했어." 무스타파는 해명을 늘어놓기 시작했다. 그러면서도 그런 말을 하는 자신에게 스스로 놀라고 있었다. 아이는 무스타파의 말을 잘랐다.

"했을 거야. 메수데 누나한테 뭔가 나쁜 짓을 했을 거야."

"내가 왜 그러겠어?" 무스타파가 되물었다.

아이는 "왜냐하면 아저씬 당나귀니까!" 하고 소리치고는 뛰어가 버렸다. 울음을 터트린 것 같았다.

무스타파는 집으로 돌아가는 길에 '그 녀석 말이 맞아.'라고 생각했다. '난 당나귀야. 우리가 헤어진 것에 대해 마을에서 도는 소문을 들은 모양이네. 내 얼굴을 보고 그 이야기를 꺼낸 건 저 녀석이 처음이군. 아이의 말이 맞아.'

메수데 외할머니의 옛날이야기 솜씨는 마을 내에서뿐만 아니라, 인접 마을에서도 유명했었다. 겨울밤, 남자들이 카페로 가고 나면, 올리브나무 장작이 타고 있는 난로 주위로 부인들과 아이들이 모여들었다. 샐비어 차를 마시며 외할머니가 풀어놓는, 괴물들과 술탄의 딸들, 짐승이 된 사람, 사람으로 변한 동물들, 손을 대는 것마다 금으로 변하게 만드는 왕, 반역자와 장군에 관한 이야기를 듣곤 했다. 보름달이 조개 속껍질 같은 흰색으로 빛을 발하던 밤이면, 선지자 모하메드가 검지를 들어 하늘에 있는 둥근 달을 순식간에 두 개로 쪼갠 기적에 관한 이야기에 여자들은 넋을 잃곤 했다. 그 부분이 나오면 이야기를 듣고 있던 할머니들은 '역시 알라신은 위대하셔.'라며 울먹이기도 했다. 왜 울먹였는지를 물어보는 젊은 사람들의 질문에, 할머니들은 딱히 이유를 설명하지는 못했다. 어쩌면 죽음을 앞둔 사람들의 상심이거나, 종말에 대한 공포, 무서움 때문이지 않았을까.

메수데 외할머니 이야기 중에는 하룬 알 라시드[31]에 관한 이야기도 있었다. 그 외에 동물에 관한 이야기나 온갖 생명체의 언어를 구사할 줄 아는 솔로몬왕에 관한 이야기도 있었다. 메수데는 할머니의 이야기 중에서 왕비가 버리고 간 딸을 유모가 키워낸 이야기를 가장 좋아했다. 요즘처럼 힘들 때면 이유 없이 그 이야기가 떠올랐다.

이야기는 이랬다.

한 조그마한 소왕국에서 반란이 일어났다. 여왕은 아기를 버려둔 채 남편과 함께 도피했다. 유모는 아기를 그곳에 둘 수 없었다. 유모는 아기를 성에서 데리고 나와 자신이 손수 키웠다. 세월이 흐르고 반란이 진압되자, 여왕은 자신의 아이를 다시 데려가려고 했다. 유모는 아기를 구해내 힘들게 키운 사람이 자신이니, 이젠 자신의 아이라고 주장했다. 유모는 여왕의 요구를 거절했다.

이 문제는 솔로몬왕의 판결에 맡겨졌다. 솔로몬왕은 말했다. "중간에 원을 그려라. 아이를 원 안에 두고 한쪽 팔은 생모가, 다른 한쪽 팔은 의붓어머니가 당기도록 하라. 누구든 당겨서 원 밖으로 끌어내면 그 사람에게 아이를 주겠다."

솔로몬왕이 명령한 대로 아이의 한쪽 팔은 생모가 다른 한쪽 팔

---

31   역주-Harun al-Rashid, 아라비안나이트로 알려진 천일야화의 주인공으로 압바스 왕조의 5대 칼리프

은 의붓어머니인 유모가 잡고 당기기 시작했다. 아이가 아파하는 것을 본 유모는 아이의 팔을 놓아버렸다. 그녀는 아이가 아파하는 것을 더는 볼 수가 없었다. 아이의 몸이 찢어지느니 생모가 데려가는 것이 낫다고 생각한 것이었다. 생모는 아이를 데려올 수 있다는 생각에 행복했지만, 솔로몬왕은 "이 아이는 유모의 딸이다. 유모가 아이를 생모보다 더 잘 보호하며 키울 것이다. 아이의 몸이 찢어지고 다칠까봐 두려워한 건 유모였다. 유모의 노력으로 아기를 살렸고 키웠다. 이제부터 진짜 엄마는 그녀다."라고 판결했다.

사실 메수데 자신의 처지와 딱 맞아떨어지는 이야기는 아니었다. 불쌍한 난민 여자가 아기를 버리고 도망간 건 아니지만, 자신이 이야기 속의 유모 같다는 생각을 했다. 무스타파와 함께 아기를 살리려고 노력했고, 살려냈으니까.

무스타파의 이름이 떠오르자마자, "젠장맞을."이라는 표현이 입 밖으로 튀어나왔다. 그에 대한 분노가 좀처럼 가시질 않았다. '무스타파가 나의 여성성과 엄마의 역할에 대해 감히 입에 담다니. 게다가 손까지 치켜들지 않았던가. 이게 잊을 수 있는 일인가?' 메수데는 이때보다 더 자존심이 상했던 적이 없었다. 메수데는 엄마에게 말했다. "그 사람 돌았어. 내가 볼 땐 무스타파는 돌았어. 그렇지 않고서야 나한테 그렇게 할 수가 없어. 아기가 그이 혼을 빼놓은 거야. 알라신이 천벌을 내릴 거야. 이젠 꼴도 보기 싫어." 메수데는 이혼하겠다고 했다. 고집을 꺾어보려고 했던 라지예는 희망을 완전히 버렸고, 딸의 이혼 의사를 지지하기 시작했다. 라지예는 "마을에서 가장 예쁜 이

혼녀에게 다른 운명이 찾아오겠지."라고 했지만, 메수데는 재혼 생각을 해본 적도 없었다. "엄마가 재혼하지 않았던 것처럼, 나도 재혼할 생각이 없어." 메수데는 뭔가 결심이 서면 그걸 그대로 밀고 나가는 성격이었다. 무스타파보다 훨씬 더 강했다. 소수 여자들에게 있는 확고한 결심, 뭔가를 하겠다고 하면 끝을 보는 그런 의지가 그녀에게 있었다.

메수데도 그동안의 일로 마음이 아프지 않은 건 아니었다. 하지만 한 번 왔다 지나가는 불씨가 가슴 속에서 큰불을 일으키는 걸 용납하지 않았다. 그녀는 통제력을 온전히 유지하고 있었다. 메수데에게는 남자들의 어린아이 같은 나약함이 아니라 삶을 이어가게 하는 여자들의 강인함이 있었다. 남성들에게서 여성의 강인함을 보는 건 쉽지 않았다.

어느 날 정오가 다 되어가던 무렵, 메수데는 마당에서 빨래를 널고 있었다. 메수데는 어릴 적부터 햇볕에 말린 빨래에서 나는 냄새를 좋아했었다. 빨래를 널어 집게로 고정하고 있는데 검은색 관용차가 대문 앞에 멈춰서는 게 보였다. 마당으로 들어선 남자와 여자 공무원은 메수데의 이름과 신분을 확인한 후, 잠시 이야기를 나누고 싶다고 했다. 메수데는 당황했다. 그녀는 법원이나 검찰, 그게 아니면 무스타파와 관련된 일일 것이라고 처음에 생각했다. 혹시 무스타파가 이혼소송이라도 건 것일까? 난생처음으로 집에 공무원들이 방문한 것이었다. 메수데는 '혹시 무스타파에게 무슨 일이라도 생긴 건가?' 생각했다. '아빠의 사고 때처럼 나쁜 소식을 들고 찾아온 건가?' 메수데는 자신이 몹시 두려워하고 있다는 걸 느꼈다. 갑자기 온몸이 덜덜 떨리기 시작했다. '무스타파. 나의 무스타파. 아, 나의 무스타파.'

공무원들은 무을라^{Muğla}의 이민국에서 왔다고 자신들을 소개했다. 메수데와 그녀의 엄마는 그들을 집 안으로 초대했다. 젊은 남자 공무원은 집 안으로 들어서면서 미소를 지으며 문 앞에 있던 바질을 손으로 쓰다듬었다. 사방으로 퍼져나가는 바질 향기가 긴장된 분위기를 누그러트렸다.

라지예가 손님들에게 내올 커피를 준비하는 동안, 그들은 메수데에게 자신들이 방문한 이유를 설명했다.

밀입국자—그들은 비정상입국자라고 했다—질하 셰리프가 아들인 싸미르와 함께 가족복지부 이민국이 관리하는 울라^{Ula} 보호소에 있다고 했다. 메수데는 우선 무스타파와 관련된 나쁜 소식을 전하기 위해 방문한 것이 아니라는 사실에 안도했고 당장은 한숨을 돌렸다. 하지만 곧바로 그녀의 심장은 더 빨리 뛰기 시작했다. 그들은 질하 셰리프가 사흘 전 국선변호사를 통해 자신들에게 요청해 온 것이 있다는 이야기로 자초지종을 설명했다. 흥분한 메수데는 가만히 있을 수가 없었다. 자신의 심장박동 소리가 말하고 있는 남자의 목소리보다 커서 그가 하는 말을 제대로 알아들을 수가 없었다. 그런 와중에도 시선은 부엌으로 향하고 있었다. 커피를 끓이고 있는 엄마가 이 이야기를 못 들었으면 했다. 본인 외에는 누구도 몰랐으면 하는 마음이었다. 최소한 자신이 들은 말을 제대로 이해하고, 판단할 수 있을 때까지는 누구와도 이 문제에 관해 말하고 싶지 않았다.

라지예 부인이 커피를 가져왔을 때는 그들이 전달하려고 했던 이야기를 다 마친 뒤였다. 공무원들과 메수데는 마을과 관련된 잡담을 나누었다. 사실 그 이야기도 메수데의 귀에 겨우 들어왔다. 그녀는 어지럼증을 느꼈다. '뭔 일이야? 이게 무슨 일이지?' 유리창에 반사된 강한 햇빛이 눈을 비추자 머리는 더욱 혼란스러워졌다. 바질 향기가 아주 진하게 느껴졌다. '가족이 된 거야?' 그녀는 그렇게 생각했다. "우리가 가족이 된 건가요?" 메수데는 엄마와 공무원들이 자신을 이상하게 바라보고 있다는 걸 깨닫고는 그때야 너무 크게 소리쳤다는 걸 알았다. "세상에. 내가 지금 뭐라는 거야. 죄송해요, 무슨 일이야 이게. 제가… 당황해서… 그랬어요." 모두가 메수데를 바라보며 아무 말도 하지 않았다. 메수데는 "그렇게 됐어. 그렇게 된 거군요." 했다. 그녀는 주먹을 꼭 쥐고 쏟아져 내릴 것 같은 눈물을 참았다.

손님들이 바질 향기를 흩뿌려 놓으며 돌아간 뒤, 메수데는 한동안 엄마에게 시달렸다. 그녀의 엄마는 무슨 일이 있었는지 알고 싶어 했지만, 딸은 엄마에게 아무 설명도 하지 않았다. "아무것도 아냐, 그냥 뭘 좀 알려주려고 왔었어." 그녀는 한편으로 엄마의 질문을 어물쩍 넘기면서 다른 한편으로는 자신한테 똑같은 질문을 반복하고 있었다. '우리가 가족이 된 건가? 우리가 가족이 된 거야?' 이런 생각을 하는 동안 다리의 힘이 풀렸다.

메수데는 지금 꿈을 꾸는 중이라고 생각했다. 꿈에서 엄마 목소리를 듣고 있는 것이라고. "메수데, 메수데. 무슨 일이야? 무섭게 그러지 마." 잠시 후, 손목과 관자놀이에 차가운 느낌이 들었고, 주위에 콜로냐[32] 향기가 가득했다. 라지예는 딸의 손목을 주무르면서 말했다. "정신 차려, 애야. 그 사람들이 중요한 이야기를 한 게 아니라고 해놓고서는 이게 무슨 일이니?" 커피를 끓이면서 질하, 싸미르 같은 이름은 들었지만, 무슨 이야기를 하는 건지는 그녀도 알 수가 없었다. 게다가 찾아온 사람들이 나쁜 소식을 전하는 것처럼 보이지는 않았다. '그게 아니면, 그 사람들이 나쁜 소식을 전하는데 이골이 난 사람들이어서였을까? 그래서 아무렇지도 않게 행동했나?'

메수데가 "엄마." 하고 불렀다. 그 소리가 자기 귀에도 들렸다. "엄마, 나 몸이 좋지 않아."라고 하는… 메수데는 팔을 움직일 수가 없었다. 라지예는 덜컥 겁이 났다. 그녀는 창문을 활짝 열었다. 신선한 공기가 집 안으로 밀려 들어왔다. 라지예는 부엌 수도꼭지에서 물을 받아와 메수데 입술에 갖다대고 한 모금씩 먹였다. 우물에서 끌어 올린 차가운 물이었다. 바질 향기는 콜로냐 향을, 콜로냐 향은 바질 향기를 누르려는 것처럼 두 향기가 가득했다. 한 번은 바질 향기가 또 한 번은 콜로냐의 레몬 향기가 났다. 모두 메수데의 속을 메스껍게 했다. 햇볕도 마찬가지였다. 마치 초록색에 꽃무늬가 있는 긴 소파에 등을 기대고 반쯤 누웠을 때 같았다. 몇 달 동안의 스트레스와 공포, 고통이 한데 뭉쳐져 있는 것처럼 느껴졌다. 고기잡이배 모터를 청소하고 난 뒤에 남겨진 솜뭉치 같은 그런 것이 목을 막고 있

---

32   역주-kolonya, 가벼운 향수이자 소독제의 일종. 19세기 독일에서 들여온 콜론의 변형된 형태이며 에틸알코올 함유량 60-80%에 레몬과 같은 천연향을 섞은 것으로, 튀르키예에서는 의식을 잃은 사람을 깨울 때 사용하기도 함

는 것 같았다. 아기, 무스타파, 치안군, 이웃, 무스타파, 검사, 병원, 그리고 또 무스타파, 구치소, 부부싸움, 무스타파가 치켜든 손, 서로 뒤섞이고 끊어진 장면들. 그 모든 장면에서 풍겼던 냄새까지도 생생했다. 메수데는 자신을 흔들어놓은 수많은 사건에도 끝까지 버텼다. 하지만 인내심은 오랜 세월 모이고 모인 물의 수압을 감당하지 못한 댐처럼 갑자기 무너져 버렸다. 메수데는 울고 있었다.

새벽 세 시 무렵이었다. 바다는 잔잔했고 마을은 잠들어 있었다. 젊은 어부 네 명은 치로즈의 배를 저어 소리 없이 포구에서 떠났다. 그들은 용의자가 되는 걸 피하고, 의심을 사지 않기 위해 가까운 협만에 있는 대형 양식장을 피하고자 했다. 비교적 더 멀리 있고, 중간 규모 양식장을 대상으로 일을 저지를 생각이었다. 날카로운 칼과 절단기가 준비되어 있었다. 달이 없는 밤, 배는 어두운 바다 위를 미끄러지듯 나아갔다. 그들은 스스로 엄청난 모험 속으로 뛰어들고 있다고 느꼈다. 무스타파에게도 이번 일은 삶에 새로운 활력처럼 다가왔다. 그동안 몇 번 물속으로 들어가 그 양식장에 있는 불쌍한 물고기들의 상황을 본 적이 있었다. 이 새끼 물고기들은 수조 탱크에서 가두리로 옮겨졌다. 1밀리미터 크기의 치어들이라 백만 마리 해봐야 겨우 1킬로그램 정도였다. 양식장 주인들은 농어와 돔 치어들을 이 가두리에 가득 채워 넣었다. 물고기들이 자라면 움직일 수 있는 여유 공간이 남지 않았다. 아래쪽에 있는 물고기들은 짓눌렸고, 기생충과 세균들로 인해 병이 생겼다. 무스타파는 눈이 먼 물고기도 가두리 속에 있는 걸 본 적 있었다. 가두리 양식장은 그물로 덮어두었다. 물고기를 사냥하기 위해 달려드는 새의 머리가 그 그물에 끼이곤 했다. 그물에서 빠져나오기 위해 퍼덕이던 새는 목이 부러졌다. 아무리 좋게 보더라도 양식장은 생명체에 대한 엄청난 학대를 자행하는 곳이었다. 이런 생각을 하는 동안 자신이 죽였던 복어들이 생각났다. 그렇지만 복어들은 괴물이었다. 죽여야만 했다. 그렇다고 해도 과거 자신이 한 행동은 부끄러운 짓이었고 미친 짓이었다.

무스타파는 이동하는 동안 아무 말 없이 앉아 있었다. 사실 모두 말이 없었고, 담배도 피우지 않았다. 무스타파는 어두운 바다를 응시하다가 절망적인 생각에 빠졌다. 그날 메수데가 그런 태도를 보였으니 이제 헤어져야 하는 상황까지 왔단 말인가? 무스타파는 '어쩌다가 이렇게까지 됐지' 생각했다. '이제 어떻게 되는 거지? 메수데와 어쩌다 이 지경까지 온 걸까? 그녀한테 갈 걸 그랬나. 그녀가 어떻게 했을까? 각자 집으로 향할 때, 내가 메수데의 손을 잡고 집에 가자고 했더라면, 안 간다고는 하지 않았을 텐데. 아니면 안 가겠다고 했을까? 내 손을 뿌리치고 장모님과 함께 가버렸다면 어찌 됐을까? 그것도 모든 마을 사람들이 보는 앞에서. 무스타파는 이 모든 게 장모님 때문이라고 생각한 적이 있었다. 엄마라는 사람이 얼마나 딸을 세뇌했으면 그런 행동을 했을까. 그게 아니라면 메수데가 내게 그렇게 못

본 척할 리가 있나? 아, 메수데, 나의 메수데, 도무지 믿을 수 없어.'

무스타파는 자신이 한 행동도 옳다고는 생각지 않았다. 자기가 했던 말과 행동에 대해서는 진즉 후회했다. 그렇지만 이걸 고백하기에는 자존심이 허락하지 않았다. 부부 사이에 이런 싸움은 흔히 있는 것으로 생각했다. 그가 볼 땐 이렇게까지 부풀릴 일은 아니었다.

잠시 뒤, 메수데의 여성성과 인간성을 헐뜯는 말을 했던 것과 때리기라도 할 것처럼 손을 쳐들었던 걸 떠올렸다. 죄책감이 들었다. 무스타파도 때릴 생각은 아니었다. 당연히 때릴 수도 없었다. 그건 손목이 날아갈 일이었다. 손끝으로도 메수데를 건드려서는 안 됐다. 단지 화가 나서 그렇게 행동했던 것이었다. 오히려 엄청난 자제력으로 들어올렸던 손을 멈췄다. 그 순간 그의 앞에 그 누구라도, 메수데가 아닌 다른 누구라도 날아가는 손을 피할 수는 없었을 것이다.

이런 생각들과 스스로에게 하는 해명으로 상황이 바뀌는 건 아니었다. 그는 '아이를 가지려다 아내를 잃어버렸다.'라고 생각했다. 무스타파는 자책으로 속이 타들어 가서 어찌할 바를 몰랐다. 그는 배에서 몸을 내밀어 바닷물에 손을 넣었다. 어둡고 잔잔한 바다는 미지근했다. 바닷물이 차가워지는 11월까지 수온이 이럴 것이다. 그 순간, 바닷물이 손가락 사이로 스쳐 지나가는 걸 보는 재미에 빠져서 "이거 봐요, 아빠. 이거 봐봐." 할 때 꼬물거리던 데니즈의 자그마한 손이 떠올랐다. "이거 봐, 아빠. 이거 봐. 정말 예쁘다." 무스타파는 마치 불에라도 덴 것처럼 바로 바닷물에서 손을 뺐다.

그 양식장에는 직원 숙소와 무장한 경비원이 있었다. 약 30분 뒤에 도착한 양식장의 숙소에는 불이 꺼져있었다. 경비원들이 자는 게 분명했다. 사실 이런 양식장에서는 작은 절도 외에는 큰일이 일어나지 않았다. 무스타파와 친구들은 어둠 속에서 소리 없이 가두리 양식장으로 접근했다. 무스타파는 거의 소리를 내지 않고 조용히 바다로 들어갔다. 깜깜한 어둠 속이었지만, 무스타파는 휴대용 전등을 켜지 않았다. 손으로 더듬어 그물을 찾을 생각이었다. 잠수해 수중으로 들어갈수록 믿을 수 없을 만큼 거대한 물고기 무리가 있다는 게 느껴졌다. 손과 팔, 다리 그리고 몸통에 물고기들이 닿았다. 마치 무스타파도 한 마리의 거대한 물고기가 되어 물속에 있는 것 같았다. 가두리 주변으로 보그돔, 노랑촉수, 정어리 같은 물고기 떼가 모여들었고, 사료를 얻어먹기 위해 그 주변에서 떠나지 않았다. 무스타파는 어느 정도 깊이까지 잠수한 다음, 가두리를 향해 잠영했다. 순간 손에 그물이 닿는 게 느껴졌다. 쥐고 있던 날카롭고 큰 칼로 그물을 크게 잘라내기 시작했다. 무스타파와 친구들은 사전에 어느 정도 정보를 듣고 이 농어 양식장으로 온 것이었다. 돔은 강한 이빨로 그물을 물어뜯고 나오려는 습성이 있어, 돔 양식장의 그물은 두 배로 두꺼웠다. 조금 힘들기는 했지만, 무스타파는 그물에 커다란 구멍을 만들었다. 그 구멍을 통해 물고기들이 빠져나오는 게 느껴졌다. 무스타파의 주변에 물고기들이 더 늘어났다. 물고기들이 가두리에서 세차게 쏟아져 나왔다. 이 정도 구멍이면 충분했다. 하지만 왼쪽으로 더 잠영해서 물결에 많이 흔들리지 않는 그물 면을 찾았고, 그곳 그물을 자르기 시작했다. 중간중간 조용히 물 밖으로 나와서 공기를 들이마셨다. 충분할 만큼의 구멍을 냈다고 판단했다. 그의 주변에는 폭풍이 이는 것처럼 물고기 떼가 돌아다니고 있었다. 무스타파도 물고기 떼에 밀려서 어디론가 가고 있었다. 물속에서는 어디로 휩쓸려 가는지 알 수가 없었다. 가두리 쪽으로 향하는 건 불가능했다. 그렇게 많은 물고기 떼의 흐름에 혼자 맞설 수는 없었다.

무스타파는 물 위로 올라왔다. 마지막 잠수에서 너무 오래 물속에 있었던 것인지 머리가 어지러웠다. 어둠 속에서 정신을 차리고 조용히 숨을 들이마셨다. 단숨에 숨을 들이쉬어야 할 정도로 숨이 차있는 상태였다. 천천히 호흡이 안정되면서 진정되었다. 무스타파는 여전히 물고기 떼에 휩싸여 있었다. 어두워서 배가 보이지 않았다. 자신이 어디로 휩쓸려 나간 것인지 확인할 수가 없었다. 사방을 둘러보며 배를 찾았다. 그렇게 한참을 헤맸지만, 배를 찾는 건 쉽지 않았다. 그렇게 해서는 배를 찾는다는 건 불가능했다. 둥근 가두리 양식장 그물이 어느 방향으로 얼마나 멀리 있는지 알 수가 없었다. 결국, 무스타파는 경비원들을 깨우지 않을 정도로 조용히 산비둘기 소리를 냈다. 이 시간에 산비둘기들은 울지 않았다. 친구들이 이 소리를 들으면 자신이 낸 소리라는 걸 바로 알아챌 것으로 생각했다. 경비원들은 듣지 못하지만, 친구들은 들을 수 있으려면 어느 정도 크기로 소리를 내야 하지? "구구-국-구. 구구-국-구" 산비둘기 소리를 내자, 가까이서 노 젓는 소리가 들렸다. 치로즈가 "무스타파, 무스타파." 속삭이듯 부르는 소리가 들렸다. 무스타파는 천만다행이라고 생각했다. 친구들은 무스타파를 곧바로 배 위로 끌어 올렸다. 아무도 듣지 못하게 조용히 노를 저어 양식장에서 떠났다. 그들은 양식장 중 한 곳을 그렇게 무너뜨렸다.

메수데는 정신을 차렸다. 그리고 라지예가 끓여 온 린덴 차의 신경안정 효과로 곧바로 깊은 잠에 빠졌다. 꿈으로 방해를 받지 않는 깊은 잠이었다. 라지예가 방에 들어왔다가 나간 것도 모를 정도로 깊은 잠이었다. 방을 환하게 밝힌 아침 햇살과 산비둘기, 참새의 지저귀는 소리가 그녀를 잠에서 깨웠다. 어제 받은 충격 여파는 없었지만, 약간 피곤함을 느꼈다. 그리고 여전히 꿈을 꾸고 있는 것만 같았다. 악몽을 꾸는 것 같다고 해야 할까?

메수데는 엄마와 함께 아무 말 없이 아침 식사를 했다. 식사를 끝내고 분홍색의 부겐빌레아가 하늘을 가리고 있는 테라스 그늘에서 커피를 마셨다. "엄마, 조만간 엄마랑 심각한 이야기를 좀 해야 할 것 같아. 어떻게 할지 함께 결정을 내리자."

"옳은 말이야. 나도 기다리고 있었단다. 무슨 일인지 도무지 알 수 없으니 말이다!" 라지예는 인자한 미소를 짓고 있었다. 메수데는 이제 이성적으로 판단할 수 있고, 몸 상태도 좋아졌다고 생각했다. 그리고 엄마가 화를 내지 않을 만큼 뜸을 들인 뒤 이야기할 생각이었다.

메수데는 모든 경우의 수와 상황을 고려해 보았다. 그리고 자신의 결정에 확신이 섰다. 드넓은 바다에서 두 마리의 물고기가 서로를 만나는 게 쉬운 일이 아니듯, 이 넓은 세상에서 무스타파를 만났고 결혼까지 해서 희로애락을 함께했다. 그런데 한순간의 화 때문에 이 모든 게 무너질 위기였다. 그 끔찍했던 재앙이 있기 전까지 무스타파는 단 한 번도 그녀에게 인상을 쓴 적이 없었다. 저녁에 데니즈를 데리고 해변으로 나가면 모든 마을 사람들이 자신들을 부러워한다는 걸 메수데는 알 수 있었다. 마을 할머니들은 "세상에나, 잘 키웠네. 힘든 일 겪지 않도록 알라신께서 보살피시길. 백년해로하기를." 하며 자신을 위해 기도해 주곤 했었다. 무스타파는 데니즈에게 헤엄치는 걸 가르치면서 손뼉도 쳐주고, 물장난하며 데니즈와 신나게 놀곤 했었다. 그 모습을 지켜보던 메수데는 혼자 흥얼거리던 곡의 가사를 바꿔 "우리 모두 젖어버렸네, 이 바다에서."라며 목청껏 노래 불렀다.

메수데는 다음 날 아침, 라지예에게 말했다. "난 집으로 돌아갈래, 엄마. 무스타파는 제대로 먹지도 못했을 거야. 음식도 좀 해놓고, 대청소도 해야겠어."
라지예도 메수데가 무슨 말을 할지 알고 있었다는 듯 전혀 놀라지 않았다. 라지예는 살며시 미소를 지었다. "네가 원한다면 그렇게 해."

메수데는 친정집에서 나왔다. 얼마나 빠른 걸음으로 마당을 지나갔던지 마당에서 놀던 닭들이 그녀의 앞에서 도망가느라 정신이 없었다. 가을이 다가올수록 날씨는 온화해졌다. 태양은 구름 없는 하늘에 높이 떠있었다. 하얗게 회칠된 마을 집들도 망망대해 바다처럼 태양빛을 반사하고 있었다. 메수데는 집으로 향하면서 바다를 바라봤다. '무스타파는 지금 어디에 있으려나.' 집에 가면 그에게 전화할 생각이었다. 함께 뛰어놀던 옛 시절에 그랬던 것처럼 "집에 올 때 맛있는 생선이나 가져와, 꼬마야."라고 말할 생각이었다. 단지 그 말만 하고 전화를 끊어버릴 작정이었다. 여느 평범한 날처럼, 아무 일도 없었던 것처럼 그렇게. 어쨌든 그녀는 밀고 당기기에는 선수가 아닌가. 낚싯줄을 언제 풀어주고 언제 당겨야 하는지 메수데는 잘 알았다. 무스타파에게는 당황해서 상황파악이 안 될 때 나타나는 멍한 표정이 있었다. 그 표정이 메수데의 눈에 선했다. 저절로 웃음이 나왔다. 그녀는 손에 든 서류 속에 마치 아기라도 들어있는 것처럼 소중하게 꼭 감싸 안았다.

다음 날 아침, 무스타파는 치로즈, 유수프 그리고 말더듬이를 한 쪽 구석으로 불렀다. 그리고 양식장 사건을 조사하고 다니는 사람들이 있으니 언젠가는 우리 마을까지 올 것이라고 했다. "절대로, 무슨일이 있어도 나를 개입시키면 안 돼. 나에 관해서는 말도 꺼내지 마. 나는 거기에 없었어. 벌을 받는 게 무서워서가 아냐. 더 중요한 이유가 있어서 그래. 내 인생이 달린 일이라고 말할게, 이해해 줘. 그 정도로 중요한 일이야. 어제까지만 해도 신경 쓸 일이 아니었어. 근데이제는 무슨 일이 있어도 안 돼. 일이 생겼어. 상황이 변했단 말이야. 나 큰일 나. 내 말을 알아듣겠어? 진짜 나 큰일 나."

친구들은 "알겠어, 무스타파. 이게 무슨 일이야? 너 정신이완전히 나간 것 같아. 알겠어, 절대 이야기 안 할게."라며 무스타파를 진정시키려고 했다.

무스타파는 "다들 맹세해. 돌아가신 조상들과 자네들 아이들을 걸고 맹세해. 코란 위에 손을 올리고 맹세해."라며 친구들을 몰아붙였다.

무스타파의 떨고 있는 모습과 사색이 된 얼굴을 본 치로즈는 눈짓으로 친구들에게 먼저 가라는 신호를 보냈다. 친구들은 먼저 자리를 떴다.

"자, 여기 앉아서 차부터 한 잔 마시자. 너 땀범벅이 됐어. 무스타파, 이젠 네가 무서워지려고 해." 치로즈는 무스타파를 진정시키려했다.

"아니, 너 이해 못 하나 본데. 지금 나는 옛날의 내가 아니야. 해야 할 일이 있어. 날 경찰에 넘기면 말이야…."

"닥쳐! 그만해. 네가 지금 가장 친한 친구를 모욕하고 있다는 건 알고 있어? 내가 밀고자야, 뭐야. 너한테만 명예라는 게 있는 줄 아는 모양인데. 정신 차려. 안 그러면 주먹이 날아갈 테니."

이렇게 치로즈가 강하게 나오자 무스타파는 입을 다물었다. 치로즈가 그런 작은 체구로 무스타파를 때린다는 건 가당치도 않았지만, 정말로 화가 났을 때는 눈앞에 보이는 게 없는 친구였다.

무스타파는 "알았어. 미안해. 그렇지만 상황이 정말로 심각해서 그래. 옛날의 내가 아니야, 상황이 변했단 말이야."라며 사과했다.

"뭐가 변했는데?" 치로즈는 물었다. "똑같은 소리 계속하는 거 집어치우고 남자답게 이야기 해봐, 무슨 일이야?"

"메수데가 돌아왔어. 집으로 돌아왔다고. 아기도 올 거야."

"아기라고?" 놀란 목소리로 치로즈가 물었다. 무스타파의 말을 전혀 이해하지 못한 모습이었지만, 무슨 말인지 궁금해하는 건 분명했다. "무슨 아기? 네가 바다에서 데려온 난민 아기 말이야?"

"그래! 우리 아기 말하는 거야! 새로 온 데니즈 말이야. 질하가 자기 상황 때문에 아기를 잘 돌보고 미래를 책임져줄 수 없다고 했다지 뭐야."

치로즈는 이해하지 못했다는 표정을 짓고 있었다. "질하가 누구야? 누가 그렇게 말했다는 거야?"

"엄마지, 그 아기의 엄마. 나라에서도 그랬어." 무스타파는 가만히 있지를 못했다. 기뻐 날뛰면서 계속 말을 이어갔다. "그녀가 뭐라고 했냐면, 가능만 하다면 싸미르를 바다에서 구한 사람에게 보내고 싶다고 했대. 싸미르를 돌봐주고, 먹여주고, 그리고 자기에게 싸미르를 되돌려 보내준 가족한테 양자로 보내고 싶다고 말이야. 그렇게 말했대. 공무원들이 메수데를 직접 찾아와서 그 이야기를 했대."

무스타파는 잠시라도 가만히 있을 수 없었다. 어디론가 뛰어가고 싶었다. 말이 나온 김에 친구에게 자신의 기분을 더 자세하게 이야기해 주고 싶었다. 어젯밤, 메수데가 자기와 이야기를 하는 동안, 마치 아기가 그 서류 안에 들어있는 것처럼 손에 든 서류를 가슴에 꼭 안고 있었고, 정성스럽게 품고 있었다는 걸 말해주고 싶었다. 무스타파는 자기 가슴속 감정들을 치로즈에게 제대로 전하지 못하고 있다고 생각했다. 그렇지만 친구가 함께 기뻐하는 게 보였다. "아기를 데려오기 위해서는 범죄 사실 증명서가 있어야 해." 무스타파는 계속 말을 이었다. "지난번에 겨우 실형을 면했잖아. 양식장 일이 밝혀지면,

아기를 우리에게 주지 않을 거야. 메수데는 절대 날 용서하지 않을 거고. 내 인생은 끝장나는 거야."

치로즈는 무스타파의 어깨를 치면서 말했다. "알았다고, 친구. 남자답게 이야기하지 그랬어. 우리가 네 원수라도 되니? 내가 다 기쁘네. 이제부턴 바보 같은 짓 하지 마. 제정신 차리라고. 고기 잡으러 안 나가?"

"안 나갈 거야. 서류 정리할 게 있어. 검찰에서 범죄 경력이 없다는 범죄 사실 증명서랑 이런저런 서류들을 제출하래. 이게 그리 간단한 일은 아니잖아."

이틀 뒤, 무스타파는 메수데와 함께 울라^{Ula}로 갔고, 사람들에게 물어물어 옛 교도소를 찾아갔다. 교도소는 현재 추방자 대기소로 바뀌어있었다. 교도소 기능은 없어졌고, 죄수들은 다른 교도소로 이감된 상태였다. 이제는 구조되거나 잡혀 온 난민들을 자기들 나라로 되돌려 보내기 전에 수용하는 시설로 사용되고 있었다.

　인근 석탄 화력발전소에서 나는 오염된 메케한 냄새를 그곳에서도 맡을 수 있었다. 파란색 문이 있는 2층짜리 흰색 건물로 들어서는 순간, 메수데는 세상이 어떤지 아무것도 모르고 살았다는 생각을 했다. 바로 자기 옆에서 무슨 일이 벌어지고 있고, 어떤 삶과 시련이 존재하는지 모르고 살았던 것이다. 젊은 변호사가 건물 안에서 부부를 기다리고 있었다. 알리 변호사는 정장을 입고 있었다. 신경 써서 맨

넥타이와 안경, 그리고 전체적으로 공무와 관련된 일을 하는 사람들에게서 풍기는 진지함이 배어있었다. 무스타파는 고마움을 담은 시선으로 그에게 인사를 했다. 이렇게 중요하고, 흥분과 긴장이 감도는 순간에도 메수데는 잘생긴 변호사를 보면서 본능적으로 생각했다. '내 친구 큐브라와 정말 잘 어울리겠어.' 에어컨이 있어 방은 시원했다. 책상 위에는 분홍색 서류철들로 가득했다. 책상 뒷벽에는 아타튀르크[33]의 사진이 걸려 있었지만, 검사처럼 비서는 없었다. 변호사 알리는 무스타파와 메수데에게, "구조된 모든 난민은 이곳으로 옵니다."라고 설명했다.

"건물 내부에는 경비원들이 있고, 밖에는 치안군이 경계를 서고 있습니다. 난민들은 큰 방에 수용되어 있어요. 8인실, 10인실, 20인실 방이 있습니다. 세 끼 식사는 구내식당에서 해결합니다. 자신들의 나라로 돌려보낼 때까지 여기서 밖으로 나갈 수는 없어요."

이 말을 들은 메수데가 물었다. "반드시 모두를 돌려보내나요?"

"시리아 난민을 제외하고 모두 돌려보냅니다. 나라에서 시리아 난민에게는 자영업과 취업을 할 수 있게 허가했습니다. 안타깝게도 다른 난민들에게는 이런 허가가 없습니다. 있으면 좋을 텐데 말이죠." 변호사가 답했다.

다시 무스타파가 물었다. "그 여자분도 돌려보냅니까?"

"예, 규정이 그래요."

---

33 역주-Mustafa Kemal Atatürk(1881-1938), 터키 공화국을 건설하고 초대 대통령을 역임한 튀르키예의 국부

"여비가 없으면요?"

"그런 경우에는 국가에서 부담합니다."

무스타파와 메수데의 눈이 마주쳤다. 아기 엄마가 아기를 아프가니스탄으로 데려가지 않으려고 이 방법을 택한 것이었다. 부부는 누군가에게 닥친 재앙이 자신들에게는 행복을 의미한다는 걸 깨닫고는 묘한 슬픔에 사로잡혔다.

그리고 변호사는 전혀 듣고 싶지 않겠지만, 꼭 들어야 한다며 끔찍한 이야기를 부부에게 들려줬다. 변호사는 듣고 있던 서류를 보면서 내용을 요약해 주었다.

잠시 뒤, 한 사람이 질하 셰리프를 데리고 왔다. 싸미르는 그녀의 품에 조용히 안겨있었다. 싸미르는 깨어있었고 입에는 공갈 젖꼭지가 물려있었다. 질하는 가로로 흰 줄이 들어간 파란색 옷을 입고 있었는데 추방자 대기소에서 제공한 옷처럼 보였다. 메수데와 질하의 눈이 마주쳤다. 질하를 뒤따라 통역관인 젊은 남자가 들어왔다. 모두 자리에 앉자 뚱뚱한 중년 여자가 홍차를 쟁반에 담아서 왔다. 한동안 홍차에 넣은 설탕을 녹이느라 유리잔에 티스푼이 부딪히는 소리 말고는 방에서 아무 소리도 들리지 않았다. 변호사와 통역관을 제외하고는 모두 홍차만 바라보고 있었다. 설탕이 벌써 녹았는데도 그들은 여전히 티스푼으로 홍차를 젓고 있었다. 변호사는 홍차에 설탕을 넣지도, 티스푼으로 휘젓지도 않았다. 변호사는 "우리가 여기에 모인 이유는 하나입니다."라고 말하자, 티스푼이 유리잔에 부딪히는 소리가 멈췄다. "아프가니스탄 국적의…."

그때 추방자 대기소 담당자가 들어왔다. 대머리에 수염을 길렀고, 안경을 낀 통통한 사람이었다. 흰색 반소매 와이셔츠에 보라색 넥타이를 하고 있었다. 그는 자리에 앉은 뒤, "계속하세요, 변호사님." 하고 말했다.

변호사는 정리된 문장으로 상황을 설명했다. 아프가니스탄으로 추방되는 질하 셰리프가 무스타파 가족이 허락한다면 자기 아들 싸미르 셰리프를 양자로 보내고 싶다는 의사를 밝혔다는 것이었다. 자기 아들을 양자로 보내기 위해 그녀가 관련 부서에 청원서를 제출했다는 내용도 있었다.

담당자는 "맞습니다. 청원서가 정식으로 접수되었습니다. 물론 법적 절차를 준수해야만 합니다. 양측이 원한다고 해도 쉬운 일은 아닙니다."라고 했다.

그리고 그는 무스타파를 보며 물었다. "제가 알기로는 선생님도 이 아기의 양부모가 되고 싶으신 거죠, 맞나요?"

무스타파와 메수데는 동시에 "예."라고 대답했다.

"사실 아기를 양자로 보내고 싶어 하는 쪽의 가족이 아니라, 선생님 쪽에서 청원서를 작성하셔야 했습니다만…. 선생님께 몇 가지 양식을 보내드렸습니다. 그 양식을 작성해서 접수하셨습니까?"

"접수했습니다. 존경하는 검사님." 무스타파가 대답했다.

담당자는 미소를 지었다. "저는 검사가 아닙니다. 법률에는 긴급을 요구하는 상황에서 비정상입국자의 자녀를 임시 양부모 형식으로 보호할 수 있도록 허락하고 있습니다. 그래서 아기를 데리고 갈 수 있으신 겁니다."

"임시라고요?" 무스타파의 목소리에는 근심이 서려있었다.

"현재로서는 가장 쉬운 방법이 임시 보호입니다. 변호사님께서 선생님께 이 부분은 설명해 드릴 겁니다. 우선 이렇게 하시고 나중에 정식으로 양부모 자격을 신청하십시오."

무스타파는 그가 건네준 서류를 받아서 내용을 훑어봤고 서명과 관인도 확인했다. 무스타파가 서류를 살펴보고 있는 동안, 메수데는 고개 한번 들지 않고 품에 안고 있는 자신의 아기에게서 눈을 떼지 못하는 질하를 바라보고 있었다. 엄마는 아기를, 아기는 엄마를 보고 있었다. 그 모습을 보고 메수데는 아주 묘한, 설명하기 힘든 씁쓸함을 느꼈다. 아기는 메수데 바로 옆에 있었다. 바로 저기에. 손을 뻗으면 닿을 텐데 하지만 아기를 만질 수는 없었다. 그 순간만은 데니즈가 아니라 싸미르였다. 엄마가 싸미르를 바라보고 있었고, 싸미르는 엄마를 보고 있었다. 싸미르는 젖이 먹고 싶어 엄마의 가슴을 찾고 있었다. 공갈 젖꼭지는 싸미르의 입에 없었다. 굴곡진 예쁜 입술이 뾰로통해있었다. 질하는 통역관에게 귓속말로 뭔가를 말했다. 통역관이 말했다. "아기가 배고픈 모양입니다. 밖에 나가서 젖을 물릴수 있는지 물어보네요." 그러자 담당자는 "물론이죠."라고 했다.

그녀는 방을 나가서 복도를 통과해 어느 방으로 들어갔다. 메수데도 그녀의 뒤를 따라갔다. 그 방에는 다른 여자들도 있었다. 그중에는 흑인도 있었고, 백인도 있었다. 메수데를 바라보는 그녀들의 눈에서 깊은 절망이 서려있었다. 질하는 긴 벤치에 앉았고, 자신의 젖가슴을 아기의 입에 가져갔다. 아기는 정신없이 젖을 빨기 시작했다. 그 순간 메수데 자신의 젖꼭지가 아파왔다. 메수데는 그녀 곁에 앉았다. 둘은 서로를 바라봤지만, 대화는 없었다. 메수데는 그녀에게 힘이 되고 싶다는 듯 그녀의 뼈만 남은 가녀린 어깨에 손을 올렸다. 자신의 손에 수많은 애정과 모성애를 담아서 그녀에게 전달하고 싶었다. 그녀는 고개를 돌려 메수데를 봤다. 두 사람은 한참 동안 서로를 바라만 보았다. 아기는 소리를 내며 젖을 빨고 있었다. 질하는 메수데의 손을 잡고는 아기의 머리로 가져갔다. 메수데가 그러고 싶었지만 하지 못하고 있던 걸 그녀가 허락한 것이었다. 메수데는 아기의 예쁜 머리를 쓰다듬었다. 가슴속에서 우러난 행동이었다. 그 어느 것과도 비교할 수 없는, 진심이었다. 질하를 바라보는 메수데 눈빛에는 고마움이 가득했다. 메수데는 질하의 눈동자 속에서 엄청난 고통을 보았다. 하지만 그녀 입술에는 희미한 슬픔과 상심의 미소가 지어져 있었다.

메수데는 그녀의 눈동자를 보면서 변호사가 해줬던 이야기를 다시 떠올렸다. 쿤두즈^{Kunduz34}에서 그녀의 부모와 남편, 두 명의 동생을 죽인 탈레반이 눈앞에 그려졌다. 갓 태어난 아기를 보건소에 데려갔던 바람에 운 좋게 학살을 피하고 살아남은 질하의 비명이 들리는 것 같았다. 메수데는 자기 자신이 부끄러웠다. 아기 머리를 쓰다듬던 손을 바로 거두었다. 도망가고 싶었다. 그 문을 열고 나와서 마을까지 뛰어갈 수도 있을 것 같았다. 부끄러웠다. 너무도 창피스러웠다.

질하는 메수데를 바라봤다. 두 사람의 눈은 마주쳤다. 여자는 여자를 이해하고, 여자는 여자의 감정을 느낌으로 알 수 있다. 질하는 메수데의 손을 잡았고, 가볍게 쥐었다. 질하는 눈으로 괜찮다고 말했

---

34 역주-아프가니스탄 북부에 위치한 쿤두즈 주의 주도

다. 그리고 메수데의 손을 다시 아기 머리로 가져갔다. 방에 있던 다른 여자들은 이 소리 없는 의식을 바라보고 있었다. 그 방에는 밖에서 들어오는 석탄 냄새와 방에 널린 더러운 빨래, 입고 있는 더러운 옷에서 나는 냄새들로 가득했다. 두 여자는 한마디 말도 하지 않고 모든 걸 이야기했다. 양자로 보내는 사람과 양자로 받아들이는 사람 사이에 두 명의 엄마로서 깊은 유대가 형성되었다. 두 여자는 약속했고, 맹세했다. 메수데는 변호사가 했던 말을 떠올리지 않으려고 했지만, 어쩔 수 없었다. 변호사는 "그녀도 거기로 가면 처형될 확률이 높습니다."라고 했었다. "그래서 아기를…."

오후 예배시간을 알리는 에잔 소리가 들렸다. 사원이 아주 가까운 곳에 있는 게 분명했다. 에잔 소리가 벽을 울리고 있었다. 질하는 자리에서 일어났고, 두 사람은 함께 다시 그 방으로 향했다. 복도에는 석탄 냄새, 쉰내, 회칠 된 벽에서 나는 석회 냄새 그리고 어딘가에서 흘러나온 커피 냄새가 뒤섞여 있었다.

작가와의
질의응답

Q.

작가님께서는 오랜 공백기를 뒤로하고 '어부와 아들'이라는 새로운 작품으로 독자들과 만나셨습니다. 이 소설을 통해 우리가 직면하고 있는 문제들을 하나하나 다루셨는데요, 어떤 고민이 '어부와 아들'의 집필로 이끌었습니까?

A.

'어부와 아들'은 오래전 펜을 들었던 작품입니다. 작품의 도입 부분을 '돌고래들'이라는 이름으로 '줌후리옛¹'지에 소개한 바도 있어요.

그사이에 다른 작품도 쓰고 있었습니다만, 여러 이유로 이 작품을 먼저 세상에 내놓아야겠다고 생각했습니다. 저는 어린 시절부터 바다를 배경으로 하는 소설을 쓰고 싶다는 꿈이 있었죠. 어쩌면 중고등학교시절 빠져 있던 헤밍웨이의 영향 때문일 겁니다. 저의 자서전을 읽어보

---

1   역주-Cumhuriyet, 1924년 창간된 터키 진보언론을 대표하는 일간지

신 분들은 아실 텐데, 앙카라에서 살았던, 1960년대의 저는 책에 미쳐 있던 아이였습니다. 제가 좋아했던 작가 중에서는 헤밍웨이를 첫 번째로 꼽을 정도였지요. 화려한 미사여구와 장황한 설명 없이, 많은 부분을 말이 아닌 행위로 표현하는 '과하지도 부족하지도 않은' 그의 작품 스타일로부터 영향을 받았습니다. 위대한 예술작품에서 볼 수 있듯이, 헤밍웨이의 문장에는 빙산의 일각만 드러날 뿐이고 감춰진 거대한 빙산에 관해서는 서술 없이 독자가 느낄 수 있게 하죠. 그는 단지 서술한 것에서 그치는 게 아니라 서술하지 않은 것도 창조하는 힘을 가지고 있습니다.

Q.
이번 작품은 에게해의 고요한 바다를 배경으로 하고 있습니다. 어부인 무스타파와 그의 가족 이야기로 고요하던 바다에는 물결이 일고, 튀르키예가 안고 있는 문제들로 인해 폭풍으로 변해버립니다. 소설에서는 무스타파와 메수데의 아들인 데니즈를 바다가 앗아가죠. 그리고 바다는 그들에게 다른 생명을 보내줍니다. 어떤 감정을 표현하려고 하신 겁니까?

A.
인류는 이야기하지 않거나, 듣지 않고는 살 수 없지요. 동굴에서 살던 시대 때부터 인류에게는 이야기가 필요했습니다. 죽음은 피할 수 없다는 걸 의식적으로 받아들이는 유일한 종인 인간은 계속해서 신화를 창조해내죠. 전설, 설화, 소설을 창작하는 이들은 사람들에게 사람 이야기를 들려줍니다. 사람들은 다른 사람의 삶에 관심을 가지니까요. 소설가도 소설을 쓰는 동안은 등장인물들과 함께 생활하고, 그들과 함께 고통받고, 사랑하고, 두려워합니다. 더 정확히 말하면 이렇게 써야만 등장인물들이 생명을 갖게 됩니다. 마치 진흙으로 사람을 빚어서 생명을 불어넣는 것처럼 말이지요. 생명을 불어넣지 않는다면 그 인물은 진흙으로 빚어진 형상에 지나지 않습니다. 우리는 이 소설을 읽으며 무스타파와 메수데를 알아가고, 그러면서 그 두 사람의 고민을 공유하게 되는 것이지요.

Q.
'그에게 바다는 직장이었고, 바다는 삶이었다. 바다는 연인이었다. 바다는 포악했고, 과묵했다. 바다는 다정하기도 했고 분노하기도 했다…' 소설 속 형상화와 묘사는 독자를 그 장면 속으로 끌어들입니다. 작가님께서도 작품을 쓰시면서 바닷속에 빠지는 듯한 느낌을 받으셨습니까?

A.
바다에 빠진 느낌은 아니지만, 매우 슬펐습니다. 난민을 태운 보트와 그들에게 닥친 재앙들을 보면서 슬퍼하지 않을 사람이 있을까요? 특히나 소설가라면 더 그렇지 않을까요? 감정이입이 매우 발달해 있어야 합니다, 소설가는. 그렇지 않으면 매번 자기 이야기를 하거나 생명력이 없는 인물을 만들어내거든요.

Q.

작가님의 소설은 늘 사회문제와 맞물립니다. 이런 사회문제를 이야기하시면서도 선동을 자제하고 반드시 거리를 두십니다. 희극과 비극을 노련하게 떼어놓으시죠. '어부와 아들'에서도 가족에서 시작된 희극이 사회적인 비극으로 전환되는 시점에서 적정 거리를 유지하신 방법이 있으신가요?

A.

옳은 말씀 하셨습니다. 저는 선동 소설을 좋아하지 않습니다. '메시지'라는 단어도 전혀 좋아하지 않습니다. 소설은 잊을 수 없는 등장인물과 함께 생명력을 가집니다. 위대한 소설들에 등장하는 라스콜니코프, 줄리앙 소렐, 조 크리스마스, 메리엠제, 하이리 이르달과 같은 수백 명의 등장인물이 우리 머릿속에 남아있습니다. 어떤 소설은 이런 점에서 성공하지만, 또 어떤 소설들은 실패합니다. 성공하지 못한 소설들은 장황한 표현에 지나지 않게 됩니다. 인물을 묘사하려면 당연히 그 인물의 주변, 처한 상황, 노력, 사람, 모순, 공포, 약점들과 함께 묘사해야 합니다. 스탕달의 표현으로 소설가는 거울을 비추는 사람입니다. 거울은 무엇이 있든 그걸 반사해 보여줍니다. 그리고 일정 거리를 두고 보여주죠. 좋은 소설들은 보통 인간을 희극의 순간에 묘사합니다만, 등장인물의 희극이지 작가의 것은 아닙니다. 만약 작가가 자신의 감정에 몰두해서 과장된 묘사를 한다면, 그 책은 예술작품이 아니라 애정극이나 통속극에 지나지 않게 됩니다. 무슨 일이 있어도 작가는 작품과 거리를 유지해야 합니다.

Q.

무스타파가 데니즈를 잃은 바다에서 갓난아기를 구조하게 된 이야기를 해보면 어떨까요? 튀르키예가 좀처럼 헤어나지 못하고 있는 난민 문제를 소재로 삼으셨습니다. 우리 모두 텔레비전을 통해 해안으로 떠밀려 온 어른과 아이들의 시신을 본 적이 있습니다. 그들의 이름이 무엇이든, 아일란, 싸미르, 하미드… 시리아인, 아프가니스탄인, 파키스탄인… 인류애는—모든 측면에서—실종된 상황입니다. 가짜 구명조끼에 고무보트는 사람을 나를 수 없는 지경인데도 인간의 목숨이 돈으로 거래됩니다. 자본주의가 극에 달해 인간의 목숨이 하찮기 그지없는 이런 세상을 어떻게 바라봐야 할까요?

A.

제가 1970년대 스톡홀름에서 썼던 '어느 고양이, 어느 남자, 어느 죽음'이라는 소설이 있습니다. 그 소설에 나오는 뷸렌트라는 학자가 이런 예언을 합니다. 미래에는 아시아와 아프리카에서 고무보트와 작은 배를 타고 사람들이 유럽을 몰려들 것이라고요. 그리고 누구도 이걸 막지 못할 거라고 하죠. '기아에 허덕이는 나라 사람들은 뗏목과 낡아빠진 보트를 타고 유럽의 해안으로 몰려들 거야. 아프리카와 아시아 대륙 사람들이 유럽과 미국으로 몰려가는 거지. 얼마 뒤면 누구도 이 난민들을 막지 못하게 될 거야.' 오늘날 돌아보면 과거의 예언 같지만 사실 이 말은 세상의 흐름을 간파한 말입니다. 오늘날 모든 게 더 심각해졌습니다. 증가한 인구 그리고 음식과 약품, 깨끗한 물을 구할 수 없는 수백만 명의 사람들. 코로나 시기에조차도 수십억 달러를 벌어들인

노동 착취 계층들. 이런 불평등이 계속되어서는 안 됩니다. 자본주의는 마르크스와 엥겔스가 말한 대로 스스로 종말을 초래하고 있고, 우리가 사는 세상도 대재앙을 향해 달려가고 있습니다.

80억 명에 달하는 사람들은 우리 모두를 노예화한 자본주의 독재의 공격을 받고 있습니다. 이전 시대에는 발목에 찬 족쇄로 노예를 구분했습니다. 현대 노예들은 자신을 자유인이라고 생각합니다. 뇌에 채워진 족쇄는 보지 못하니까요. 자본가들과 국민의 주머니를 털어가려는 독재자들, 부패한 고위공직자들의 섬뜩한 탐욕을 저지하지 못한다면, 난민들은 계속 이어질 것이고, 테러와 봉기도 계속될 것입니다. 회사의 가치가 1조 달러에 달하는 건 둘째 치고라도, 개인의 계좌에 7-8천억 달러가 있다는 게 이해가 되나요? 잉여가치를 빨아들여서 채운 재산은 과거처럼 황금이 아닙니다. 게다가 화폐로도 확인할 수 없습니다. 그저 숫자일 뿐입니다 세계 인구의 소멸과 갓난아기들의 목숨을 담보로 추상적인 숫자 늘리기 싸움이 일어나는 것입니다. 제가 보기엔 이건 범죄입니다. 모든 국가는 개인의 재산에 일정 한도를 둬야 하며, 제대로 된 조세법으로 사회적 정의를 이뤄야 합니다. 국가는 이런 걸 하기 위해 있는 겁니다.

Q.

'신세계' 체제는 사람들에게 더 많은 수익 창출, 경쟁, 과욕, 억압, 타인에 대한 무시를 가르칩니다. 작가님의 소설에서 관심이 가는 또 다른 점은 우리나라 구석구석을 사유화하려는 자들, 하천과 산림, 산과 들을 팔아넘기는 자들, 도시재생이라는 이름하에 망가지는 도시들, 금광에서 사용하는 청산가리로 인해 사라지는 시골 마을들, 자연과 숲 그리고 사람… 누가 이기게 될까요? 저항하는 사람들일까요? 아니면 그 반대편에 선 사람들일까요?

A.

당연히 저항하는 사람들이 이길 겁니다. 하지만 고통스럽고 긴 과정이 되겠지요. 언론은 끊임없이 국민을 세뇌해서 자본가들의 약탈을 도울 겁니다. 그런 업체들의 자금으로 정치가 돌아가죠. 어마어마한 검은 돈이 오갈 겁니다. 부패한 지방과 중앙 정부는 그들과 공범이라고 할 수 있습니다. 현재 튀르키예는 엄청난 침략을 받고 있습니다. 이 침략에 비하면 몽골군대의 약탈은 천분의 일에도 못 미칩니다. 이 나라 어느 곳을 가도 약탈과 흉측스러운 광경, 환경파괴를 목격할 수 있습니다. 이 모든 건 신자유주의가 저지른 범죄입니다. 세상이 제정신을 차린다면 마르크스와 엥겔스를 제대로 공부하려 들 겁니다. 그리고 인류의 미래를 구하려 할 겁니다. 이 두 사상가 이야기를 왜 꺼냈을까요? 환경 운동이 힘을 얻고 있지만, 아직 이론으로 정립되지 않았습니다. 이 이론은 마르크스와 엥겔스 사상을 더 발전시켜야만 정립할 수 있기 때문입니다.

Q.

시리아 난민이 아니라 탈레반 정권으로부터 탈출한 아프가니스탄 난민의 이야기를 작품에 담은 이유가 있으십니까?

A.

이유는 없습니다. 난민으로 산다는 건 너무나 힘든 일이라 누구도 좋아서 그 삶을 선택하진 않습니다. 난민의 삶이란 자신의 나라에서 벌어진 전쟁과 죽음, 위험에서 도망친 사람들의 삶입니다. 한때 저도 정치적 난민 신분이었기에 그런 삶이 어떤 것인지를 잘 압니다. 난민들을 출신 국가에 따라 차별할 수 없으며 차별해서도 안 됩니다. 아프가니스탄인 엄마가 등장인물이 된 것은 우연일 뿐입니다. '불안'이라는 제 소설에는 시리아와 이라크에서 탈출한 난민들이 등장합니다. 이번에는 아프가니스탄이었습니다. 소설 전개상 아이의 엄마가 튀르키예에서 거주 허가를 받을 수 없어야 했습니다. 그래서 거주 허가를 받을 수 있는 시리아 난민이 아니라 아프가니스탄 난민으로 설정했습니다. 시리아가 아닌 다른 국가 난민들도 우리가 수용한다면 좋겠다고 저는 생각합니다.

Q.

가족 관계, 입양, 여성의 시각, 여성들 간의 이해 본능… 질하에 대한 메수데의 감정 등이 소설에 등장합니다. 작가님은 튀르키예에서의 가족 개념과 가족 관계를 어떻게 평가하시는지요?

A.

튀르키예 가족구조는 강한 연대를 기초로 하고 있습니다. 큰 고난을 경험한 사회는 가족 간의 연대 덕분에 존재를 이어갈 수 있었습니다. 불행하게도 이젠 그렇지 못한 상황입니다. 인구 증가와 무계획적인 대

규모 난민 이동으로 인한 사회적 가치의 붕괴는 가족 간 연대라는 가치마저도 무너트렸습니다. 여성과 아이들을 상대로 한 범죄의 폭발적 증가, 가족 관계의 붕괴, 근친상간, 유산 분쟁으로 인한 살인 등 소름 끼치는 상황에 이르렀습니다. 이 작품에 등장하는 여성들이 모두 강인하다는 걸 느끼셨을 겁니다. 라지예, 메수데, 질하 모두 대단한 여성입니다. 세상은 남성들이 망쳐놓지요. 전쟁을 일으키고, 대재앙의 원인을 제공하는 건 남성입니다. 여성은 이런 상황에서도 삶을 이어가고 상처를 보듬습니다. 여성들 간의 강한 연대감을 표현하면서 한편으로는 이젠 찾기 힘든 그런 연대감에 대한 그리움도 담고자 했습니다.

Q.
발자크가 '오늘날 가족은 없고 개인만 남았다.'라는 말을 했었죠. 작가님께서 보시기에도 그런가요?

A.
가족 개념에 관해서는 엥겔스의 '가족, 사유재산 및 국가의 기원'을 읽어보시면 더 정확한 답을 찾으실 수 있습니다. 모계 사회에서 부계 사회로의 전환을 아주 잘 설명하고 있습니다. 가족은 늘 존재했지만 시기와 계급에 그 형태가 달라졌다고 할 수 있습니다.

Q.
무스타파와 메수데의 첫 부부싸움으로 가족 내 균열이 발생합니다. 프랜시스 스콧 피츠제럴드는 '부부싸움은 고통스러운 것이다. 부부싸움에는 어떤 규칙도 없다. 그건 통증이나 마음의 상처 같은 게 아니다. 그것보다는 재료가 없어 원상 복구하지 못하는 가죽의 갈라진 상처 같은 것이다.'라고 했습니다. 어쩌면 이 비유와는 다르겠지만 결국에는 가족이라는 개념과 부부싸움이라는 건 이해하기 힘든 그런 것일까요?

A.
가족을 한 사회의 표본으로 본다면 분쟁도 피할 수 없겠지요. 사랑도, 우정도, 적개심도 마찬가지입니다. '나는 인간이다. 인간에 관한 그 어떤 것도 나와 무관하지 않다.'라는 말은 가족 관계에서도 마찬가지로 통용됩니다. 가족 관계는 그어진 일직선을 따라가지 않습니다. 하강 곡선과 상승 곡선이 존재합니다. 당연히 가족이 속한 집단과 문화에 따라 변화합니다. 마르케즈는 가족 관계를 가장 잘 표현한 작가 중 한 사람입니다. 그의 유명한 작품에서 노인이 된 우르술라를 대가족의 실질적 가장, 절대적 리더로 묘사합니다. 우리 사회도 마찬가지입니다. 나이를 먹을수록 남자는 허수아비가 되고 가족을 이끄는 사람은 할머니나 외할머니죠. 씨족사회의 전통이 남아있는 지역에서도 마찬가지입니다.

옮긴이의 말

2021년 6월 튀르키예에서 발매된 『어부와 아들』은 6개월 만에 40만 부가 판매되었다. 2021년 튀르키예 최고 인기도서로 선정되었고, 현재까지도 독자들로부터 많은 사랑을 받고 있다. 튀르키예뿐만 아니라 미국, 그리스, 독일에서도 번역, 출간되었다. 무엇이 튀르키예와 세계 독자들을 사로잡았을까?

줄퓌 리바넬리는 『마지막 섬』에서와 마찬가지로 『어부와 아들』에서도 소외된 약자와 환경 문제에 눈을 돌리고 있다. 국제사회가 외면하고 있는 난민 문제와 생활 터전을 위협하는 환경 문제, 튀르키예와 그리스 관계 등을 소재로 하고 있다. 그중에서도 지중해 주변국에서 벌어지고 있는 난민 참상이 주된 배경이다.

옮긴이는 『어부와 아들』을 가족에 관한 이야기라 생각한다. 가족이라는 울타리가 어떻게 붕괴하고 또 어떻게 다시 세워지는가를 이야기하는 작품이다. 작가는 『어부와 아들』을 통해 행복의 근원은 가족이고 가족 관계 해체가 곧 재앙이라는 걸 들려주고자 한다.

질하는 전쟁으로 인해 가족이 해체되었고, 그 아픔을 안고 가족을 지키기 위해 난민의 삶을 선택한다. 메수데와 무스타파는 데니즈를 잃으면서 행복했던 가족 울타리가 완전히 무너지기 직전까지 간다. 여기에 남편의 외도와 죽음으로 파경을 맞이한 메수데의 엄마 라지예, 본국 강제이주 결정으로 삶을 터전에서 쫓겨난 그리스계 가족들까지.

가족을 구성하고 지켜내는 건 어렵지만 붕괴는 순식간이며, 무너진 가족의 울타리를 다시 세우는 데에는 긴 시간과 큰 노력이 필요하다는 걸 작가는 말하고 있다. 『어부와 아들』은 그 과정을 보여주는 작품이다. 이 작품이 발매와 동시에 튀르키예와 세계 독자들의 마음을 사로잡은 건 사회를 구성하는 가장 작은 단위이자 모든 인간 삶의 근원인 가족에 관한 이야기이어서가 아닐까.

2023년 8월, 오진혁

"세상 모든 것에 감탄하는 지혜로운 사람들의 공간"
도서출판 호밀밭

어부와 아들
ⓒ 2023, 쥘퓌 리바넬리 Zülfü Livaneli

지은이	쥘퓌 리바넬리 Zülfü Livaneli
옮긴이	오진혁
초판 1쇄	2023년 8월 31일
책임편집	신민철
디자인	최효선 박규비

펴낸이	장현정
펴낸곳	호밀밭
등록	2008년 11월 12일(제338-2008-6호)
주소	부산광역시 수영구 연수로 357번길 17-8
전화	051-751-8001
팩스	0505-510-4675
홈페이지	homilbooks.com
이메일	homilbooks@naver.com

Published in Korea by Homilbooks Publishing Co., Busan.
Registration No. 338-2008-6.
First press export edition August, 2023.

Author Zülfü Livaneli   **Translator** Oh, jin heouk
ISBN 979-11-6826-116-7   03830

※ 가격은 뒤표지에 표시되어 있습니다.
※ 이 책 내용의 전부 또는 일부를 재사용하려면 반드시 저작권자와 ㈜호밀밭 양측의 동의를 받아야 합니다.